READY

MADELEINE FÉRET-FLEURY · MARUSHKA HULLOT-GUIOT

READY

L'ÚNICA SORTIDA
ETS TU!

ELIJAH

BARCANOVA
EDITORIAL

Títol original: *Ready. Elijah*

Projectes: Sara Moyano
Edició i coordinació: Núria Riera i Emma Estañol
Maquetació: Miquel Castells

Primera edició: octubre de 2019

Rosa Sensat, 9-11, 4a planta, 08005 Barcelona
Telèfon 932 172 054. Fax 932 373 469

www.barcanova.cat
barcanova@barcanova.cat

ISBN: 978-84-489-4978-5
Dipòsit legal: B 21672-2019
Printed in Spain

Disseny gràfic: Hachette Romans Studio
Coberta: © Tichi Luadthong / Shutterstock
Imatges d'interior: © Shutterstock

PAPER DE FIBRA
CERTIFICAT

Per a l'Auguste i la Thelma,
que aviat tindran edat
per lluitar contra els zombis.

Ja és de nit a Vilamort. Que estrany! Quan has entrat al cinema per veure *El despertar dels zombis* amb la Cassandra, la teva cita, el sol encara lluïa al cel. A la tardor, però, ja se sap, els dies són més curts. Ara notes la brisa lleugera que baixa de les muntanyes i arriba fins al bosc que envolta la ciutat. Darrerament, t'has dedicat en cos i ànima al karate, tant, que ni tan sols t'has adonat que l'estiu ja s'ha acabat. Tant de bo puguis participar en el campionat juvenil europeu...! La cosa, però, no pinta gaire bé per culpa de l'asma.

Un acudit de la Cassandra et retorna a la realitat. Francament, no l'has sentit, però somrius per cortesia. No entens per què a l'escola tots donaven per fet que acabaríeu sortint junts. La Cassandra és maca, però no teniu gaires coses en comú. Malgrat tot, intentes respondre a la seva ocurrència mentre travesseu l'aparcament del centre comercial, sense treure els ulls de l'envàs de crispetes mig buit.

Pràcticament no hi ha ningú per la zona; les botigues del centre comercial ja deuen haver tancat. Els divendres a la nit, Vilamort fa honor al seu nom. No es pot dir que sigui, precisament, un indret gaire mogudet. Si aconsegueixes convertir-te en un campió de karate, potser podràs deixar aquesta ciutat.

Immers en les teves fantasies inútils, ni tan sols t'adones que el pare de la Cassandra aparca a prop vostre.

Gairebé fas un bot quan s'abaixa la finestreta davantera del cotxe i ell et pregunta:

—Vols que t'acompanyi, Elijah?

Vaja! Pensaves tornar tranquil·lament a casa i aprofitar aquests instants de solitud per preparar-te mentalment per al combat de diumenge. No et ve gens de gust allargar aquesta tarda tan incòmoda. Per desgràcia, el pare de la Cassandra insisteix:

—Ja és de nit. Va, puja! No hauries d'anar sol pel carrer.

—Gràcies, però visc a quatre passes d'aquí —dius—. Aniré a casa a peu.

No et ve gens de gust anar amb la Cassandra i el seu pare, però no vols ser mal educat. A més, la Cassandra no sembla gaire entusiasmada amb la idea. Has de triar.

1) **No vols ofendre ningú, de manera que puges al cotxe.**

- **Te'n penediràs? Comprova-ho en la pàgina 195.**

2) **No vols abusar, així que te'n vas sol.**

- **Continua l'aventura en la pàgina 32.**

L'ANCIÀ MISTERIÓS

Corres cap a l'ancià i el subjectes amb força per tal de separar-lo del cadàver de la dona. Oposa resistència, però tu ets més fort que ell..

—Nour, entra a casa! —crides.

Arrossegues el desconegut fins a la porta de la casa d'en Nour. Tens el zombi ben bé darrere teu. Empenys l'ancià cap a l'interior i, en el darrer moment, tu també hi entres. El zombi estira el braç, però tanques la porta amb violència i li talles l'extremitat per la meitat. La part del braç que ha quedat dins l'habitatge se sacseja tota sola i deixa anar un raig de sang verda que taca les parets.

—Ecs!

Amb una galleda que hi ha a prop de l'entrada tapes el braç, que no para de saltar ni de moure el recipient. Llavors apareixen els pares d'en Nour, que corren a abraçar el seu fill. Com que la policia està il·localitzable, havien decidit que l'anirien a buscar ells mateixos. Et donen les gràcies.

—Au, cap al cotxe, que marxem! —diu la Béatrice, la mare d'en Nour.

L'ancià s'ha revifat i ara et mira amb un posat sever.

—No podeu marxar. La ciutat està en quarantena i l'exèrcit ha tallat les carreteres.

Els pares d'en Nour estan espantats. Com sortireu d'aquí? Llavors, l'ancià allarga la mà i et dona un objecte: una targeta magnètica.

—Jo treballava de periodista. Era redactor en cap del diari. Els meus millors reporters, els Stein, van desaparèixer mentre investigaven uns experiments molt perillosos amb éssers d'un altre planeta que es portaven a terme en un laboratori dels afores de la ciutat amb la complicitat de l'ajuntament. Abans que m'obliguessin a jubilar-me, vaig copiar les notes dels Stein i vaig intentar continuar les seves investigacions... Va ser en va, però encara conservo aquesta targeta. Podreu sortir de la ciutat travessant la zona militar; allà no hi ha guàrdies. Jo la volia fer servir per fugir amb la meva dona, però...

L'ancià ja no té forces per acabar la frase. Tots esteu molt commoguts. De sobte, però, se senten udols a prop de la casa. No podeu perdre més temps.

—Marxeu vosaltres. Jo encara haig de trobar els meus pares.

—Ni parlar-ne —et contesta la Béatrice—. Ara estàs sota la nostra responsabilitat. Buscarem els teus pares, però primer hem de trobar un lloc segur.

Comprens que no pots fer cap altra cosa. L'ancià no vol marxar, tampoc: es quedarà amb la seva dona fins al final. Emocionat, l'abraces abans de marxar de la casa. Puges a la part del darrere del cotxe amb en Nour. La Béatrice condueix i en Bill, el seu marit, ocupa el seient del copilot. Tot d'un plegat, toques amb el peu alguna cosa i t'ajups per agafar-la. És una catana! La Béatrice somriu en veure la teva cara de sorpresa.

—Almenys aquesta col·lecció ens servirà per a alguna cosa, no trobes?

Mare meva! Però quina família més estranya!

Tal com ha dit l'ancià, de seguida arribeu a un embús immens. La gent vol fugir de la ciutat i ha quedat atrapada a la carretera tallada. Us desvieu per una carretera secundària i arribeu al lloc que us ha indicat l'ancià: una gran porta metàl·lica flanquejada per un filat. Sembla una entrada abandonada.

La Béatrice treu la targeta i acciona el mecanisme. La porta tarda una mica a obrir-se, ja que sembla encallada: una heura densa ha penetrat entremig de les frontisses. De sobte, se sent una sirena de policia i veieu que s'acosten uns quants cotxes per impedir-vos el pas. Surts del cotxe empunyant la catana amb la intenció de tallar l'heura que bloqueja la porta. Un cop oberta, indiques als teus acompanyants que passin. La porta, però, es mou ràpidament i ja comença a tancar-se.

T'hauràs d'afanyar si la vols travessar i vols pujar de nou al cotxe. És possible que no hi arribis a temps, i, a més, els teus pares et deuen estar buscant. Què penses fer?

1) Puges al cotxe.

– Un petit esforç més! Ves cap a la pàgina 198.

2) Recules i vas a buscar els teus pares.

– És ara o mai. Corre cap a la pàgina 135.

DANSA MACABRA

Com si això de matar-lo fos tan fàcil…

Dubtes, i aferres amb força el matxet amb la mà. En Frank t'acaba d'atacar; per tant, és molt probable que ho torni a fer. Però també t'ha salvat la vida, t'ha guiat i pretén posar fi a aquesta tragèdia. Creus de debò que podràs matar el teu amic?

De mica en mica, els teus pensaments es van esvaint i t'adones que en Frank també s'ha relaxat. Li ha tornat a canviar la mirada; ara es veu trista, abatuda i, també, avergonyida. Ho saps. Està trist i avergonyit perquè t'ha atacat i per haver-se deixat portar per la seva naturalesa.

De sobte, deixes anar en Frank i fas un pas enrere. El teu amic sembla que esperi que diguis o facis alguna cosa, però tu et limites a cedir-li l'arma. En Frank la contempla amb aire de sorpresa i, al cap d'uns segons, et somriu i pren el matxet. Sap que no li cal disculpar-se: comprens el que ha passat i tots dos espereu que sigui l'última vegada.

No teniu temps de dir-vos res, ja que sentiu un soroll procedent de l'escala. La disputa deu haver alertat els zombis i, per l'escàndol que fan en entrar a les oficines del diari, no trigues a descobrir que són moltíssims.

En Frank i tu recupereu de seguida la unitat i comenceu a atacar. Agafes el teu *nunchaku* i envies pels aires el primer mort vivent que trobes; mentrestant, en Frank elimina uns quants enemics seguits. Entre tots dos elimineu els vostres adversaris i acabeu massacrant-los a tots. En Frank t'ha tornat a salvar la vida. Sort que la hi vas perdonar! Sense el teu amic, no hauries sortit viu d'aquest combat.

Un cop retorna la calma, al mig del camp de cadàvers decapitats, en Frank t'informa dels seus darrers moviments. De fet, no va començar a seguir-te de seguida, sinó que primer va intentar portar a bon port el seu pla.

—Per desgràcia, no vaig aconseguir entrar a la depuradora. Vaig intentar fer-me passar per policia, però em van acompanyar amablement a la sortida.

Sort que no vas seguir en Frank pel riu. Hauries perdut el temps.

—Ara l'única cosa que podem fer és destruir directament els canals de reg del cementiri. L'objectiu de la Marie són els morts. Si no podem trobar l'origen del virus, n'impedirem la propagació.

Assenteixes; potser hauríeu d'haver començat per aquí. Sense perdre més temps, torneu al lloc on éreu fa escasses hores.

*

Així que arribeu al cementiri, us veieu obligats a amagar-vos ràpidament darrere les làpides. Primer observeu una figura, seguida d'una altra, i encara una altra més. El sistema de reg automàtic es troba en plena irrigació de les plantes... i en plena reanimació dels morts! Estan escampant el virus amb generositat. De sobte, en Frank queda glaçat. Acaba de veure la seva germana.

La Marie, d'aspecte radiant i esplendorós, saluda cadascun dels morts vivents per tal d'assegurar-se de tenir-los tots de la seva part. La noia va d'una tomba a l'altra, en una mena de processó macabra.

Hi heu d'intervenir ràpidament. Et fixes en la bomba d'aigua que alimenta el sistema de reg. Cal destruir-la! Què penses fer? La destruireu entre tots dos? O demanaràs al teu amic que distregui els zombis i així disposaràs de prou temps per arribar a l'objectiu?

1) Val més unir forces per destruir la bomba.

– Estaràs més segur si tens el teu amic al costat. **Corre cap a la pàgina 104.**

2) Us heu de dividir: distracció i destrucció.

– És difícil lluitar en dos fronts. Així posareu les coses difícils a la Marie. **Comprova-ho en la pàgina 137.**

DIPLOMÀTIC

És absurd utilitzar la força. L'alcalde és un home molt corpulent i no tens cap possibilitat. A més, no se sap mai; potser l'acabeu necessitant. Així doncs, decideixes provar d'entabanar-lo. Els afalacs no són el teu fort, però és l'única opció que teniu per poder salvar vides.

—Té raó. Al cap i a la fi, està al capdavant de la ciutat. El podem ajudar?

—Aquesta és l'actitud, noi. Si em vols ajudar, surt del mig. M'estàs molestant.

Recules unes quantes passes, amb un somriure crispat als llavis. L'alcalde està massa concentrat en el seu pla megalòman per prestar-vos atenció, de manera que et fas l'ingenu i reprens el teu discurs, mentre ell furga a la caixa forta.

—Hi ha cap problema amb la caixa? Que puc donar-hi un cop d'ull? —dius, i t'hi acostes un altre cop.

L'alcalde, enutjat, et fa fora amb un gest de la mà. Mentrestant, la Carla, aprofitant la distracció, apareix per darrere i l'agafa pels braços per immobilitzar-lo. Immediatament, estires la bandera europea que penja al teu costat i la llances a la cara de l'alcalde, que resta a cegues durant uns segons. Amb l'ajuda de la Carla, utilitzes la bandera per lligar de mans l'alcalde, que forceja sense entendre què ha passat. El deixeu ploriquejant i correu cap al sistema radiofònic privat que connecta amb els altaveus de la ciutat. Immediatament, prens el micròfon.

—Això és una crida a tots els ciutadans —anuncies, esforçant-te per pronunciar correctament—. Els zombis no són invencibles. Sigueu valents i podreu destruir-los. Heu d'apuntar al cap. Repeteixo: apunteu al cap.

Deixes anar el micròfon i l'alcalde comença a riure's de tu:

—Arribes tard, noi. Ja he activat la bomba.

Efectivament, una trucada al telèfon de l'alcalde us avisa de l'activació de la bomba química i una veu automàtica inicia el compte enrere. Com pots impedir que tingui lloc la tragèdia? Corres cap a l'alcalde i el sacseges amb totes les teves forces perquè t'indiqui com, però no es mostra gaire cooperatiu.

—Ja és tard. Cal fugir ràpidament. Deixa'm anar. Et prometo que us portaré amb el meu helicòpter privat. T'ho juro. És al terrat de l'ajuntament.

La temptació és gran i la por a l'explosió et fa perdre lleugerament la raó. Però no; et refermes. Tothom té dret a salvar la vida. Estàs segur que l'alcalde menteix i que sap com desactivar la bomba.

—No ens mourem d'aquí —afirma la Carla, que sembla que comparteix la teva opinió—. Vostè tria: o ens ajuda o morirà amb nosaltres.

Al cap d'uns segons de silenci, que et semblen interminables, l'alcalde finalment es decideix.

—Passeu-me l'auricular —ordena.

Li allargueu el telèfon, el sistema de reconeixement de veu del qual li permet cancel·lar l'explosió imminent.

—Fi del procés —crida.

—Identificació oral reconeguda —diu tot seguit la veu robòtica—. Llançament de la bomba cancel·lat.

Llavors el compte enrere s'atura i un silenci estrany s'instal·la a l'oficina.

A l'exterior, la població ha rebut el teu missatge i els habitants de la ciutat s'organitzen. Van destruint els zombis de mica en mica. Per desgràcia, hi haurà víctimes mortals, però estàs segur que la victòria ja és molt a prop.

Enhorabona!

Has sabut evitar la tragèdia i protegir la ciutat. **Ves a buscar la teva recompensa en la pàgina 297.**

SACRIFICI

Furiós a causa de la traïció, decideixes no concedir cap més oportunitat al teu amic. Alces el matxet per damunt del cap, cridant per omplir-te de coratge, i l'hi claves al clatell amb sang freda. Llavors en Frank es desploma; aquest cop, definitivament. Només quan el veus a terra, immòbil per sempre, prens consciència del teu gest. No tenies cap més opció? No podries haver trobat alguna altra solució per salvar-li la vida, a ell, que tantes vegades te l'ha salvat a tu?

Deixes anar el matxet, incapaç de subjectar durant gaire més temps l'arma que ha posat fi als dies del teu amic, i et deixes caure a terra, al seu costat, prostrat.

Quan s'acabarà, tot això? Ho aconseguiràs, sense en Frank? Per desgràcia, no ho sabràs mai. L'enrenou de la baralla deu haver alertat els que són a l'exterior, ja que sents passos apressats a l'escala. Al cap d'uns segons, veus arribar a les oficines del diari una desena de zombis famolencs.

Tot sol no podràs fer res contra ells.

Ni tan sols t'hi resisteixes.

Un final molt trist.

Tens ganes de provar una altra aventura?

Torna a la pàgina 130.

ENCONTRES A LA SEGONA FASE

Els zombis no tenen fama de ser gaire simpàtics, precisament, i, igual que els seus col·legues, aquest està mort de gana.

No val la pena negociar. Arrenques a córrer en direcció al mur, amb la mà del zombi encara aferrada a la teva espatlla. Mentre corres, sacseges amb violència els braços per fer-la caure, però la mà continua arrapada a tu. Estàs tan concentrat en l'estranya grapa, que gairebé caus en una tomba oberta. T'ha anat de poc! De tota manera, com que et veus obligat a frenar de cop —bingo!—, la mà, sorpresa per la brusca aturada, es deixa anar i surt disparada cap al forat. Sembla que has tingut sort. De sobte, però, sents uns grunyits a uns quants metres de distància. La resta del cos et continua perseguint! No et pots aturar.

Quan falten pocs metres per arribar al mur, notes que una mà t'agafa per l'espatlla i deixes anar un crit de terror. No és la mà tallada, però. Per més que intentes fer força, la mà no et deixa anar. Aleshores descobreixes una cosa encara més horrorosa: és el zombi!

Sembla que la criatura no ha tingut una bona sortida de la terra —potser fins i tot s'acabava de despertar—, però no és, ni de bon tros, lenta. T'ha guanyat de sobres al joc del gat i la rata. O més aviat el motiva la gana, que és el que sembla que indica el seu somriure. A més, es burla de tu. Alça el braç brandant la mà tallada que acaba de recuperar. Quin patafi de trofeu!

De tota manera, tampoc no et queda gaire temps de vida. D'aquí a uns segons, tot s'haurà acabat. De sobte, el zombi se't tira a sobre amb un somriure, obre la seva fastigosa boca i t'ensenya les dents, que són cobertes d'una densa saliva blanquinosa. Tanques els ulls, amb l'esperança que tot plegat només sigui un malson del qual et despertaràs aviat.

Aleshores sents un so metàl·lic i eixordador. I després..., res.

Dubtes, però obres els ulls tot seguit. Encara ets al cementiri i tot és molt real. El zombi, però, desplomat als teus peus, té el cap tallat. Quan alces els ulls, descobreixes un combatent molt ben plantat. Tot i que té els cabells blancs, sembla jove, i una mica excèntric, també. Porta ulleres de sol, com si encara no fos prou fosc. Amb un somriure nerviós, penses que els vampirs potser també existeixen.

El que més et crida l'atenció és que va armat amb un matxet enorme, molt esmolat..., i cobert de sang verda. No et pots creure el que veus. Aquest individu ha sortit del no-res i ha decapitat un zombi com si res, com si fos la cosa més normal del món.

I és que el noi no sembla gens alterat, ni per l'atac dels zombis ni pel que acaba de fer. Et resulta força inquietant. La veritat és que has tingut sort de trobar-lo (t'acaba de salvar la vida). Però... pots confiar en algú que va pel món amb una arma com aquesta a la mà?

T'eixugues una petita ferida causada per un cop del zombi, mentre et preguntes pel teu estrany salvador, que et somriu.

—T'ha anat de poc —afirma.

Després del teu silenci, el noi continua:

—Escolta, no hauries de rondar pel cementiri. És el pitjor lloc per venir a passar l'estona. Au, anem. Toquem el dos d'aquí.

Restes immòbil, ple de dubtes. L'individu, que ja ha començat a caminar, es gira cap a tu.

—Segueix-me! —t'ordena amb veu ferma.

Què penses fer? Confiaràs en el teu salvador i el seguiràs, encara que potser t'estigui parant una trampa? O bé rebutjaràs la seva oferta?

1) Decideixes seguir el teu salvador.

– La unió fa la força. Ves cap a la pàgina 53.

2) És massa arriscat. Rebutges la seva oferta.

– Què s'ha pensat, aquest individu?
Que li donaràs l'esquena perquè remati la feina tot sol?
Ni parlar-ne! Intenta fugir d'ell anant cap a la pàgina 151.

LA SALA DEL QUADRE ELÈCTRIC

Pujar les plantes una per una a les fosques no trobes que sigui gaire prudent. Cada botiga és un possible amagatall de criatures malintencionades. Tu i la Carla us arriscaríeu a no veure-les i que us ataquin de sobte. Val més que intenteu restablir el corrent elèctric. Així, almenys podreu veure venir els vostres possibles adversaris i tindreu alguna oportunitat de defensar-vos.

Està decidit. Cap a la sala del quadre elèctric!

Avances amb prudència pel passadís, mentre la Carla et cobreix les espatlles. Després de recórrer uns quants metres, us interromp una veu llunyana. Enmig de la penombra, veus que se us acosta una silueta.

—Alto! —crida una veu masculina.

L'home s'apropa encara més i, gràcies a la llum de la llanterna, la Carla el reconeix.

—És el director del centre comercial —et xiuxiueja per tranquil·litzar-te.

Es tracta d'un home corpulent, de crani pelat. No sembla gran cosa.

El director continua avançant i us torna a repetir que no us mogueu. Sua molt i és evident que està molt angoixat, al límit de la paranoia. Suposes que també deu haver patit alguna experiència desagradable.

Amb veu tremolosa, continua:

—No podreu amb mi, bèsties repugnants!

Merda! Us ha pres per zombis! Intentes defensar la vostra causa:

—No li volem fer cap mal —assegures—. Només volem tornar a casa.

L'home, però, no et mira i actua com si no t'hagués sentit. Pres del pànic, és evident que ha perdut la raó.

—No us mogueu, fastigosos! —afegeix amenaçador el director.

Aleshores observes que porta una arma de foc que probablement ha aconseguit a l'armeria del centre comercial. L'home empunya una pistola.

—Deixeu anar les armes! —ordena.

Us adoneu que es refereix a les petites pistoles elèctriques. La Carla i tu us mireu, les deixeu caure i, tot seguit, alceu els braços en senyal de submissió. El director, però, no es tranquil·litza. Està molt alterat i sembla que dubta sobre el vostre destí.

De sobte, serra les dents i apunta. Està a punt de disparar! Aleshores tanques els ulls instintivament, convençut que ha arribat la teva hora.

Dues detonacions.

Per sort, el director no té bona punteria i els trets van a parar a terra i a les escales mecàniques que teniu just darrere vostre.

Tot i així, no teniu cap altre remei que fugir ràpidament. Els trets deuen haver alertat tots els zombis de la zona.

La Carla i tu arrenqueu a córrer cap a una banda per tal de buscar un lloc segur i us amagueu darrere les taules i cadires d'una gelateria. L'home continua avançant, amb l'arma apuntant cap endavant, mentre vosaltres resteu immòbils, tot evitant el més petit soroll. Enmig de la foscor, el director passa de llarg. Et gires cap a la Carla i ella et pica l'ullet. Comprens el senyal: us poseu dempeus immediatament i arrenqueu a córrer a tota velocitat en direcció a la sala del quadre elèctric.

Quan gairebé ja hi sou, t'atures en sec davant d'una botiga d'equipament esportiu. Entre el director embogit i els zombis, no has tingut l'ocasió d'anar a mirar aparadors, de manera que aprofites l'ocasió per fer-ho ara.

—Carla... —xiuxiueges.

La teva amiga frena en sec, visiblement nerviosa.

—Què passa? Corre!

Però tu negues amb el cap.

—Necessitem armes. Creus que en trobarem aquí?

La Carla reflexiona durant una mil·lèsima de segon; aleshores assenteix i recula ràpidament per acompanyar-te a l'interior de la botiga. Però, així que travesseu la porta, t'adones que la vostra fugida, una mica sorollosa, ha alertat el director, que ha girat cua i us empaita.

—Merda! —remugues, i t'endinses apressadament en la penombra.

Tots dos recorreu, mig ajupits, els passadissos de la botiga d'esports, procurant fer el mínim soroll possible. Aleshores sents entrar el director del centre a la botiga i, a continuació, més sorolls. Amb els ulls mig aclucats, examineu les prestatgeries; la veritat és que no us hi veieu gaire.

La Carla et dona un copet al braç i gairebé tens un atac de cor. Aleshores et mostra en silenci el bat de beisbol amb què s'acaba d'armar. No està gens malament.

Tu, per la teva part, dubtes. A uns metres de tu, hi ha la secció d'acampada. I si agafes una navalla? Tot i que també aniries ben armat amb un arc i fletxes. L'inconvenient és que són a l'altra banda de la botiga. No tens temps d'armar-te amb tot. Has de prendre una decisió. Què tries?

1) T'armes amb un arc i fletxes.

– Robin Hood o Guillem Tell?

Comprova-ho en la pàgina 57.

2) Agafes una navalla.

– Al cap i a la fi, en MacGyver només necessitava una navalla suïssa i un xiclet per fabricar una bomba.

En tindràs prou amb una navalla corrent?

Comprova-ho en la pàgina 232.

L'APARCAMENT DEL CENTRE COMERCIAL

Finalment heu pogut sortir del maleït centre comercial! No pots evitar deixar anar un sospir. Encara no esteu fora de perill, però. A més, no teniu temps per felicitar-vos. A la ciutat se senten crits de pànic i ràbia, plors de terror, sorolls de vidres trencats i, fins i tot, detonacions d'armes de foc. I hi ha fum. El foc i la sang han envaït Vilamort. Us espera un autèntic panorama bèl·lic (o apocalíptic). Si hem de ser francs, probablement ha estat una sort que hàgiu acabat tancats al centre comercial.

La Carla i tu us mireu amb inquietud. I si han fet mal als vostres éssers estimats? I si també s'han convertit en zombis, ells? Una esgarrifança et recorre l'esquena quan penses en la possibilitat de no tornar a veure els teus pares. Fins ara, el teu únic objectiu ha estat intentar fugir, però ara aquesta idea et fa venir ganes de vomitar. No penses fugir sense la teva família ni marxar de la ciutat.

—Hem de trobar una solució per salvar la gent. No podem marxar així com així i deixar-los abandonats —afegeix la Carla.

Trobes a faltar les armes que heu perdut. Com ajudareu els altres, si ni tan sols sou capaços de defensar-vos?

—A la ciutat trobarem alguna cosa que ens serveixi d'arma —insisteix la Carla, com si hagués sentit els teus pensaments.

Cal decidir quin pla adoptareu. Busqueu una estratègia amb la qual pugueu salvar el màxim nombre de persones possible. És evident que tots dos sols no podreu eliminar els zombis i que necessitareu un pla d'atac massiu. Recordes la visita que vas fer a l'ajuntament amb l'escola i de com vas fer broma amb l'encarregat del sistema de megafonia. I si l'utilitzeu? El missatge seria senzill: «Apunteu al cap». Però, aconseguiran armar-se, els veïns, per posar fi a aquesta invasió horrible?

Potser val més evacuar els ciutadans o, almenys, aquells que pugueu. I si utilitzeu algun tren de l'estació? Hi cabrien un munt de persones. Amb tot, no podríeu avisar la gent de la mateixa manera, ja que també se n'assabentarien els zombis. El més assenyat és reunir-los a l'andana. Per fer-ho, la Carla et proposa requisar un autobús municipal per recollir totes les persones que trobeu pel carrer i portar-les a l'estació.

Quin pla t'agrada més?

1) Atacar els zombis: ves cap a l'ajuntament.

– I així tu mateix podràs veure els danys causats en la pàgina 212.

2) Evacuar la ciutat: busca un autobús.

– Amb l'esperança que hagin deixat la clau al contacte.
Ves cap a la pàgina 167.

CAMPS A TRAVÉS

Si preneu la sendera, retardareu l'arribada a la fàbrica abandonada i el retrobament amb els vostres pares, i això no t'agrada gens. Com més temps passa, més tems no veure'ls mai més. Així doncs, prefereixes optar per l'opció més ràpida, tot i que també és la més perillosa.

—Hem de fer drecera pels camps de cultiu —declares als adults, que continuen en ple debat—. És el camí més ràpid. Els nens no es poden passar tota la nit corrent. Mireu: alguns ja no s'aguanten drets. Ens hem d'afanyar.

El grup deixa de discutir per observar els petits. Efectivament, a alguns els costa mantenir els ulls oberts. Pel posat afligit dels adults, veus clarament que s'avergonyeixen de la seva actitud i del fet de no haver-se'n adonat.

—Tens raó, Elijah —confirma en Billy—. Fem-li cas. Anirem camp a través i punt.

La banda acata la decisió del seu líder. Per sort, en Billy confia en tu, de manera que esperes de tot cor haver pres la decisió correcta.

Us allunyeu del carrer en flames i us dirigiu ràpidament a la zona agrícola. No veieu ningú més al vostre voltant i el cel negre es presenta davant vostre com si es trobés arran de terra. Han segat fa poc. La forta calor de l'estiu ha endarrerit el creixement dels cultius. Prens en braços un dels petits i te l'enfiles a les espatlles, i a un altre li dones la mà per ajudar-lo a avançar. Quines ganes que tens d'arribar!

De sobte, el soroll d'un motor trenca el silenci i dos llums t'enlluernen. Una segadora, a aquestes hores? El vehicle se us acosta perillosament. Us envestirà! Tots arrenqueu a córrer per fugir del vehicle fora de control. La segadora, però, us atrapa. Uns zombis embogits salten del vehicle cridant, com si fossin pirates en un abordatge. I, per acabar-ho d'adobar, una altra segadora apareix davant vostre. Només hi ha una cosa segura: t'atropellaran a la flor de la vida, juntament amb els teus protegits.

És evident que has pres una mala decisió.

Però pots tornar a començar l'aventura...,
si t'hi atreveixes.

UN QUILÒMETRE A PEU

Repeteixes el que acabes de dir intentant mantenir un to cordial:

—De veritat que no cal. Visc a quatre passes d'aquí, ja ho sabeu. Només tardaré cinc minuts a arribar a casa. No us preocupeu per mi.

—D'acord, si estàs tan segur... Tu mateix.

La Cassandra s'acomiada amb un gest i el seu pare arrenca el cotxe. Observes com el vehicle s'allunya en la direcció oposada, vorejant el centre comercial. Fa fred i la vorera estreta que hi ha al costat de la carretera regional està molt fosca. Malgrat tot, camines tranquil·lament i aprofites aquests breus instants de solitud per pensar en els teus somnis de glòria futura.

Quan ja es perfilen els jardins de les primeres cases, et sembla sentir una remor de passos que s'arrosseguen. Et gires cap a l'esquerra i no veus res. T'ho deus haver imaginat. El bosc no és gaire lluny; deu haver estat algun animal. Reprens el camí. De sobte, tornes a sentir el soroll, cada cop més marcat i fins i tot més proper. Quan ja no ho suportes més, tornes a mirar cap al bosc de la Tempesta. No és cap animal, però, sinó més aviat un desconegut... O, més ben dit, uns quants desconeguts. Un exèrcit de sis persones avança cap a tu. De moment, només són siluetes mig amagades al bosc, però és ben clar que es dirigeixen cap on ets tu amb una actitud ferotge. No et ve gens de gust trobar-te amb ells i comences a penedir-te de no haver acceptat la proposta del senyor Emèra.

Els observes durant uns segons. El seu aspecte és d'allò més estrany, i semblen incapaços de caminar drets. Avancen molt a poc a poc, amb moviments bruscos i vacil·lants. Sembla que estiguin malalts o ferits. O potser van beguts? Un d'ells deixa anar un gemec d'animal famolenc, cosa que no et tranquil·litza gens, precisament. De sobte, les figures abandonen el sotabosc i els fanals els il·luminen el rostre. Caram! Tenen la pell molt pàl·lida i els ulls grocs, i els seus cabells són d'un blanc fantasmagòric. Tot això et fa molt mala espina i t'estimes més fugir. Per desgràcia, si segueixes en direcció a la urbanització, és possible que els desconeguts et barrin el pas. Sembla que estan molt dèbils, però, i tu ets un gran esportista. Et veus amb cor d'anar corrent fins a casa? Ara bé, entre l'esforç i l'angoixa, és possible que l'asma faci de les seves...

No tens gaire temps, ja que les siluetes se t'acosten perillosament. Te n'aniràs cap a casa corrent? Potser val més que reculis. El multicine pot ser un lloc des d'on puguis trucar als teus pares.

1) T'arrisques i arrenques a córrer.

– Descobreix el que t'espera en la pàgina 228.

2) Recules.

– És la millor idea de la teva vida o la darrera? Comprova-ho en la pàgina 63.

LLUM!

Pels grunyits que fa el petit Matt, no sembla pas que hagi vingut a jugar. Així doncs, t'estimes més no córrer riscos i t'afanyes a empunyar la llanterna, que apuntes cap a ell. En Matt, enlluernat, es tapa els ulls i recula unes quantes passes. Fantàstic! Sembla que el pla funciona a la perfecció. Amb la Carla ben arrapada a tu, passes per darrere del petit i finalment t'acostes a la sortida.

Per desgràcia, estàs tan concentrat en en Matt que t'has oblidat dels seus companys de joc. Els nens us han envoltat i es llancen contra vosaltres. Tens la mà al pom de la porta, però ja és massa tard. Amb la Carla ja a terra, una mossegada molt violenta et destrossa la galta. Això no és cap joc de nens.

Game over!

Et penedeixes d'alguna cosa? Doncs torna a començar la partida o reprèn-la en la pàgina 219.

EL CHICKEN SPOT

No tens clar si estareu segurs a les clavegueres. I si hi viuen zombis? En Nour i tu esteu esgotats per culpa dels nervis. Necessiteu descansar, així que prefereixes refugiar-te al Chicken Spot per reflexionar. Agafes en Nour per la mà, instant-lo a seguir-te, i tots dos correu cap al local de menjar ràpid. Un cop a dins, et planteges abaixar la reixa, però, per desgràcia, no hi ha electricitat i la manovella elèctrica no funciona. Llàstima! Us haureu d'espavilar amb el que teniu.

Arrossegues una taula familiar fins a la porta de l'establiment, amb l'esperança que, almenys, dificulti l'avanç dels vostres atacants. Al cap i a la fi, potser els morts vivents no us han vist entrar.

Tornes a agafar el noi pel braç i el portes darrere el taulell. Tots dos us hi arrauliu, a l'aguait del més petit soroll. De sobte, sents un borbolleig molt a prop teu i una suor gèlida et recorre la columna vertebral. De cop i volta, en Nour es gira cap a tu amb un posat avergonyit. No passa res, tot va bé; només li ronquen els budells.

—Que tens gana?

En Nour assenteix amb impaciència i li somrius.

—Jo també en tinc.

Ara recordes que l'última cosa que has menjat han estat les crispetes del cinema. Amb tanta agitació, ni tan sols t'havies adonat que tens gana. Un adolescent en ple creixement necessita forces; sobretot, si ha de fugir de zombis furiosos.

Quina olor més bona de pollastre a la graella! L'aroma de fregitel·la et fa venir salivera. Un cop t'has assegurat que no et veu ningú, agafes uns quants bocins de carn marinada. Sembla que tinguis foc a la boca per culpa de la salsa picant, però feia molt de temps que no menjaves tan bé. Somrius al teu company de desgràcies. La carn és una mica freda, però la trobeu boníssima.

En el moment menys pensat, truquen a la porta. Ordenes a en Nour que s'estigui ben quiet, i, de sobte, sents com es trenca el vidre. Dos zombis han entrat a buscar-vos. Restes immòbil, amb l'esperança que no s'acostin al taulell. Per desgràcia, els budells d'en Nour ronquen molt fort i els zombis s'adonen de la vostra presència. Quina mala sort! Un zombi es llança damunt vostre, però immediatament et poses dempeus i aconsegueixes empènyer-lo contra la graella. Un adversari menys: la criatura es crema. Només en queda un, que se t'acosta, disposat a lluitar amb tu. Sense pensar-t'ho, li tires salsa picant i el mort vivent udola de dolor mentre es frega els ulls. Tot d'un plegat, cau a terra mig mort.

Així de fàcil? Només amb salsa picant?

De sobte, passa una cosa increïble: el zombi de terra sembla que es torna a convertir en humà. Efectivament, els cabells recuperen el color castany i els ulls, el verd maragda.

Què ha passat? Estàs al·lucinant, igual que l'home que és a terra i igual que qualsevol que ho veiés.

—Però... com t'ho has fet?

Amb un gest avergonyit, negues amb el cap en senyal de desconeixement. Aleshores, observes el pot de salsa picant que encara tens a la mà i sospites que aquesta arma tan increïble et podrà ser útil en un futur pròxim. El descobriment et tranquil·litza: és possible tornar a convertir els zombis en humans. Has d'avisar algú. Però... qui?

Aleshores et distreu una cridòria que cada vegada se sent més a prop: un impressionant exèrcit de morts vivents avança al pas per la carretera, just davant del restaurant. On deuen anar?

Mentre l'home que acabes de salvar involuntàriament fuig per la porta del darrere del local de menjar ràpid, et planteges si hauries de córrer a l'ajuntament a comentar el que has esbrinat o si és millor seguir la colla de zombis.

1) **Aneu a l'ajuntament.**
– **De visita turística al despatx del senyor alcalde, en la pàgina 163.**

2) **Seguiu l'exèrcit de zombis.**
– **Us porten a la pàgina 133. *Ready?***

TANCAMENT DEFINITIU

A través del vidre, veus que la teva mare corre cap a tu, i també els zombis que la segueixen de prop. Ets incapaç de prendre una decisió. Se't fa molt difícil.

En veure que dubtes, un home tanca la porta per tu i demana reforços per bloquejar-la. Fas un pas enrere i observes l'escena sense poder fer res, com absent. La teva mare s'acosta a la finestra i aleshores pots veure als seus ulls que no és una zombi. O que fins fa un moment no ho era. Un mar de llàgrimes et recorre les galtes. Et llances sobre la porta per obrir-la, desesperat, però al darrere de la teva mare hi apareix la dona de la cicatriu, acompanyada de més zombis. El teu pare se t'acosta per l'esquena i t'abraça.

FI

★

LA MARIE STEIN

No pots deixar morir en Frank. Tot i que la Marie està una mica més tranquil·la, no sembla pas que faci broma i està disposada a disparar fins i tot al seu germà. Has d'aprofitar el moment que estigui centrada en ell per intervenir-hi, i ràpidament. Avances amb compte, i de sobte t'abraones sobre ella. La subjectes pel braç amb les mans i l'hi prems amb força per tal que deixi anar l'arma. Però, tot i la sorpresa, la Marie no es dona per vençuda: no deixa anar la pistola i, amb l'altra mà, t'aparta amb una força increïble.

Retrocedeixes unes quantes passes, ja que ara la Marie t'apunta a tu amb la pistola. Per la seva part, en Frank està totalment perdut i resta immòbil. Només pots comptar amb tu mateix. Sense prendre en consideració el perill, et llances de nou sobre la noia, que, per sort, no prem el gallet. Li claves una forta puntada de peu al mig del ventre i així aconsegueixes desarmar-la; la pistola surt volant i va a parar en un dipòsit. Ara la Marie no té manera de pressionar-vos, per bé que és cert que encara et podria mossegar.

Finalment, en Frank surt de la seva letargia i ve a donar-te un cop de mà. Es precipita sobre la seva germana, que forceja amb tu. No t'hauries imaginat mai que pogués aguantar tant en el cos a cos. Sens dubte, ha de ser a causa de la ràbia de la desesperació.

Malgrat tot, entre tots dos aconseguiu immobilitzar-la. Amb un gest brusc, en Frank treu unes cordes de la butxaca i li lliga les mans. La Marie, sense dir res, us llança una mirada d'animal embogit.

En Frank s'incorpora i es dirigeix cap al dipòsit per retirar el flascó, però tu has arriscat massa la vida aquesta nit i tens massa preguntes.

—No tan de pressa! —dius, furiós amb tots dos.

El teu amic es gira cap a tu, sorprès.

—Estic fart de les vostres mentides —continues—. Ho vull saber tot.

Aleshores, en Frank s'adona que no fas broma.

—Sí, és la meva germana —comença amb un sospir—. Tens raó: t'he mentit. En el fons, sabia des del principi que era ella la que escampava el virus, però no ho volia acceptar. Em pensava que podria destruir-lo sense implicar-la. La segona tomba que has vist al costat del riu és la seva. Investigàvem junts per al diari. Formàvem un bon equip —conclou, amb un somriure dèbil i trist.

Aleshores en Frank es gira cap a la seva germana, que està agenollada.

—Què t'ha passat, Marie? Vas ser tu la que va descobrir tot això. Tu vas trobar els primers indicis, les primeres pistes. Volies denunciar públicament l'alcalde i salvar la ciutat perquè estaves del costat de la veritat i de la gent. Ara, però, estàs fent tot el contrari només per venjança.

La Marie no sap què dir; sembla esgotada i afligida, també. De sobte, et ve una pregunta al cap:

—Tu també has utilitzat una placa falsa de policia, com quan treballaves al diari?

Els dos germans alcen el cap per mirar-te, sorpresos davant una pregunta sense sentit. No et respon ningú i et sents una mica estúpid, però reacciones de seguida per centrar-te en el més important: et dirigeixes cap al dipòsit per enretirar el flascó enverinat. Per fer-ho, has de fer pressió amb una petita canonada de plom que trobes a terra, però finalment ho aconsegueixes. D'aquí a poc temps, així que l'aigua es remogui, el dipòsit tornarà a estar net.

Només falta una pregunta per respondre. Què passarà amb la Marie? Deixes que sigui en Frank qui ho decideixi. Per la teva part, tu encara t'hauràs d'enfrontar amb uns quants zombis. I, sobretot, hauràs d'avisar la població sobre la manera de destruir-los. Potser alguns ja saben que cal tallar-los el cap.

Un cop t'acomiades d'en Frank en silenci, marxes de l'edifici amb decisió i amb la canonada de plom a la mà, disposat a afrontar la batalla final.

Has guanyat!

Enhorabona! Has destruït el virus i has salvat la ciutat!

Ves a celebrar-ho en la pàgina 298.

L'INHALADOR

No pots fugir tota la vida. Que tinguis tan a prop una arma sense usar ha de ser un senyal. Sense pensar-t'ho més, et llances sobre el ganivet i l'extreus del tors encara calent del mort. Et poses dempeus i t'incorpores a la baralla, tot i que sense confiar gaire en tu mateix. Ja no pots recular; un zombi t'arremet. Gràcies al teu entrenament de karateka, però, pots aturar el cop i fins i tot aconsegueixes clavar-li el ganivet a l'espatlla. Malgrat tot, el zombi torna a la càrrega; tu, en canvi, aviat et quedes sense forces. No has tingut ni un moment de respir en tota la nit i estàs al límit de l'esgotament, i en un tres i no res el teu rival t'acorrala contra el cotxe. Et trobes en la pitjor posició possible i, per acabar-ho d'adobar, sembla que estàs a punt de tenir una crisi d'asma. Notes un nus a la gola i et costa respirar.

Per sort, en Billy, quan s'adona del teu patiment, posa fi al seu combat amb un bon cop de destral a l'entrecella d'un zombi i corre cap a tu per ajudar-te. El motard, ràpid com un llamp, talla el cap del teu adversari abans d'agafar-te amb un sol braç i deixar-te al costat de la marquesina, lluny de la batalla. Aleshores aprofites per treure l'inhalador i calmar-te.

—No et defenses gens malament, col·lega —et diu en Billy amb un somriure—, però deixa que ens n'ocupem els grans, d'acord?

Mentre el teu amic torna al front, subjectes el ganivet entre els dits, ferit en el teu orgull. Estàs segur que pots ser útil i que ets capaç de defensar els petits. Ara sabran quin pa hi donen, aquells maleïts zombis! Que no s'acostin als nens o se les tindran amb tu.

Una explosió. Un crit. Et gires i veus la casa del costat en flames. En pocs segons, el foc s'intensifica i de les finestres comença a sortir un fum negre molt espès. És un atac? Qui ha cridat? Algú demana ajuda? Et gires de nou cap a en Billy i la seva banda: la batalla es torna més crua i els teus nous amics no semblen preocupar-se de l'incendi. T'hi acostes una mica. Que has sentit un altre gemec procedent de la casa en flames, potser?

Dubtes sobre si has d'anar a ajudar les víctimes. Qui tindrà cura dels nens, llavors? Que no n'eres el responsable, tu? És hora de prendre la decisió correcta.

1) Vas a inspeccionar la casa en flames.

– Et mors de ganes de fer de bomber.
Ves a veure'n el resultat en la pàgina 203.

2) Et quedes on ets per protegir els nens.

– Ves cap a la pàgina 84.

RACONS FOSCOS

No pots deixar que la por et domini. Si us deixeu intimidar per cada criatura estranya que passi, no superareu la nit. A més, és evident que hi ha d'haver més zombis amagats en la foscor; així doncs, és millor no perdre el rumb i mantenir-se en guàrdia.

Avanceu amb passos curts i parant bé l'orella. La teva llanterna no para de fer pampallugues. Merda! Quin mal moment! Quan intentes estabilitzar la llum, alguna cosa se't llança a sobre: és la misteriosa criatura amb la qual us acabeu d'encreuar. La Carla resta immòbil al teu costat. Està molt pàl·lida. Esperes que reaccioni i que copegi la bèstia amb el bat… Per sort, la criatura toca el dos. T'eixugues la cara: ni rastre de la seva presència.

—Ai!

També ataca la Carla! Com s'ho fa? Que potser són més d'una? Agafes una fletxa del carcaix i la subjectes amb força. Aleshores, a cegues, intentes clavar-la en el cos d'aquell ésser esmunyedís. Els teus esforços donen els seus fruits i la fletxa acaba clavada en una massa indescriptible. La criatura deixa anar un crit agut i fuig immediatament.

No pots perdre més temps. Si la bèstia ha anat a buscar reforços, no val a badar. Agafes amb força la mà de la Carla i comenceu a córrer.

Al cap d'uns minuts, la Carla troba la sortida. Si no estiguessis a punt de tenir una crisi d'asma, cridaries d'alegria…

L'alleujament, però, dura ben poc, perquè la porta està bloquejada. Haureu de trobar la manera d'obrir-la manualment.

La Carla alça el bat per prendre embranzida i, tot seguit, comença a donar cops al bastiment. Vaja... De seguida es veu que és un mètode ineficaç. Aleshores decidiu situar-vos un a cada costat i provar de fer alçaprem. Introdueixes l'arc a la petita ranura i empenys amb totes les teves forces.

—Que t'obris, et dic! —ordenes, fent carrisquejar les dents.

Ho has d'intentar tres vegades més perquè els teus esforços siguin recompensats i el panell comenci a pujar. Per desgràcia, encara no podeu cantar victòria: l'arc es trenca per la meitat. La Carla s'afanya a introduir el bat al forat per impedir que es tanqui la porta i deixar una obertura suficient per poder passar. D'aquesta manera, t'esmunys pel forat.

—Ho he aconseguit! —exclames.

Mai no havies agraït tant el fred tardorenc que et fueteja el rostre. La Carla té el temps just per passar abans que el bat cedeixi, destrossat pel mecanisme de la porta, la qual s'acaba tancant de manera definitiva. Ha anat de poc! Desarmats, però sans i estalvis, de moment, us aventureu, en silenci, per l'aparcament del centre comercial.

Corre cap a la pàgina 28.

AL COSTAT DE LA CARRETERA

T'esperes uns minuts, però no hi ha manera que vingui ningú. Per matar el temps i entrar en calor, decideixes investigar. Dones un cop d'ull al cotxe, a la recerca de pistes. A dins, però, no hi ha res: només documents i un paquet de xiclets a la guantera, i la clau, que encara és al contacte. La carrosseria del vehicle està destrossada; segurament heu fet un munt de voltes de campana. Com es deu haver produït, l'accident? Pràcticament no recordes res; només coses imprecises. I tens molt mal de cap.

Camines al voltant del cotxe i et fixes en unes petjades força profundes que es dirigeixen cap al prat que hi ha al costat. Decideixes seguir-les i observes que s'allunyen. Aleshores ensopegues amb alguna cosa oculta enmig de l'herba alta. Decantes les plantes i t'ajups per comprovar de què es tracta. Hi descobreixes una forma ovalada damunt la qual s'amunteguen desenes de formigues, que fas fora amb el peu.

De sobte, recules fent un crit.

—És… un crani!

Amb la respiració mig tallada, proves de calmar-te. No és un bon moment per tenir un atac d'asma. A poc a poc, t'acostes al crani per examinar-lo. Hi ha alguna cosa estranya. Al costat del crani s'hi pot veure un bassal de sang, ja freda…, i verda. Sang verda? No pot ser real; ha de ser una broma macabra. Però el cert és que el crani està molt ben fet i sembla de veritat. S'ha d'estar molt malalt per…

Sigui com sigui, tot és molt estrany. No et sents gens segur. Val més que toquis el dos.

*

Et dirigeixes cap a la ciutat caminant en paral·lel a la carretera. Al cap d'una llarga estona, albires el centre comercial, que sembla adormit. Veus tres individus que se t'acosten. Que bé! Ara podràs demanar ajuda! Sota la llum de la lluna, veus que estan molt pàl·lids i que tenen els cabells gairebé blancs. Avancen a poc a poc, titubejant més que no pas caminant. Cada vegada els distingeixes més bé: de les ferides els raja sang verda.

Igual que el crani que has vist fa un moment!

Decideixes que és millor fugir. Per desgràcia, però, ja és massa tard: es llancen damunt teu grunyint com animals i ensenyant les dents plenes de sang. Reprimeixes una esgarrifança de pànic i intentes fugir, però un d'ells t'aferra pel braç. En un acte reflex, li claves un potent mawashi-geri, del qual el teu *sensei* estaria molt orgullós. La puntada de peu ha fet volar pels aires el teu atacant, que cau damunt d'un altre dels teus adversaris. Això et concedeix prou temps per córrer. Per sort, ets més ràpid que ells.

*

Arribes a l'entrada de Vilamort esgotat i sense alè i amb un munt de preguntes al cap. Eren… zombis, aquells éssers tan estranys? No, t'estàs passant. És impossible. Però, si no és així, vol dir que tota la ciutat s'ha posat d'acord per gastar-te una broma. És evident que, sigui quina sigui la veritat, costa de creure.

No tens clar per on has d'anar ara. A l'esquerra, tens el camí de la urbanització, per on pots arribar a casa. A aquestes hores, però, no hi haurà ningú al barri. Estaràs sol i és molt possible que hi hagi més criatures com les que acabes de veure. No, no et ve gens de gust esbrinar-ho. A la dreta, veus que els llums de la botiga vint-i-quatre hores de la benzinera estan encesos; potser el més intel·ligent serà que t'hi refugiïs i truquis als teus pares des d'allà.

1) **Travesses la urbanització.**

– **Avança fins a la pàgina 247.**

2) **Et dirigeixes cap a la botiga de la benzinera.**

– **Ves cap a la pàgina 293.**

A LA FÀBRICA

I si els pares dels nens realment són dins la fàbrica? No pots prendre una decisió que pugui separar-los; sobretot, ara que estan tan a prop. Decideixes que has d'intentar trobar per tots els mitjans la manera de destrossar les maleïdes cadenes que mantenen tancades les portes. Mentre us acosteu a l'entrada, veieu els nens amagats a prop de l'edifici, ajupits darrere un camió. Els dius que no es moguin i els promets que aviat tornaràs a buscar-los. Amb l'ajuda d'en Frank, comences a apunyalar les cadenes amb totes les teves forces, però el metall és massa dur i gruixut. Redobles els teus esforços i crides per alertar els supervivents de l'interior:

—Sisplau, obriu! Portem nens! Obriu als nens! —repeteixes.

Però, per a la teva desesperació, les portes resten tancades. En Frank es desanima: aquella gent no té cor. Per darrer cop, copeja amb força la cadena amb el matxet. Funciona! Sense més traves, les portes cedeixen. T'afanyes a fer entrar els nens, que corren cap als seus pares. Amb la mirada, busques els teus, però aleshores t'adones que en Frank s'ha fet mal en el seu darrer esforç per obrir la porta. Li surt sang verda de la mà! No pot ser...!

—Estic al·lucinant. Ets un zombi? —preguntes sorprès.

En Frank abaixa els ulls avergonyit, i, quan està a punt de respondre't, dos homes s'abraonen damunt vostre. Per sort, el teu amic aconsegueix deixar inconscient el seu assaltant amb un cop de colze impressionant, però a tu et costa molt més derrotar el teu. L'home que t'ha atacat és molt tossut i està disposat a tot per tal que paguis l'error d'haver obert la fàbrica.

—Els meus fills estaven sans i estalvis! En obrir, els has posat en perill, maleït zombi!

Evites els cops del teu adversari retrocedint, però de seguida et veus acorralat contra el camió que està aparcat al costat de la fàbrica. No et pots moure i l'única opció que tens és lluitar contra un gegant. Intentes assestar-li petites ganivetades, que el teu rival esquiva sense problemes. De sobte, t'agafa amb violència pel canell i te'l torça, fins que et veus forçat a deixar anar l'arma. L'individu la recull, amenaçador. Acorralat contra el camió, no saps què fer.

—Tingues compassió —supliques—. Només soc un adolescent, no pas un zombi.

—És clar... Aleshores, per què vas amb els dolents? —fa el teu agressor, mentre assenyala en Frank amb el cap.

Convençut de tenir la raó, l'individu no et deixa temps per defensar-te i et clava el ganivet al cor. No hauries dit mai que pogués fer tant de mal. En veure l'enorme taca de sang vermella que s'estén pel teu tors, l'home, espantat, deixa anar l'arma i fuig. Et quedes sol. Ara bé, la presència del teu assassí al teu llit de mort tampoc no hauria pogut canviar el teu destí. Et desplomes.

Amb uns segons de retard, finalment, arriba en Frank, que s'alça les ulleres i s'inclina damunt teu. Els seus ulls grocs mostren impotència.

No pot fer res per salvar-te. Et moriràs.

Tret que...

—Et puc salvar —declara, de sobte, en Frank—. Et puc transformar abans que sigui massa tard.

Sents que la vida se t'escapa. Et trobes al caire de l'abisme i et costa entendre el que et proposa.

—Digue'm que sí. T'ensenyaré a controlar-te —et promet el teu amic.

Només s'ha d'inclinar i mossegar-te. Sí o no?

1) **Sí, deixes que et mossegui.**
   - **Si tens la més petita oportunitat de tornar a veure els teus pares, l'has d'aprofitar. Ves cap a la pàgina 172.**

2) **No, no penses convertir-te en zombi.**
   - **Tot té la seva fi. O no. Comprova-ho en la pàgina 185.**

SALVAR LA CARLA

El missatge pot esperar uns segons, no? La Carla, però, no es pot permetre aquest luxe. No la pots abandonar, així que abandones el teu lloc, decidit, i empenys amb totes les teves forces el moble que bloqueja la porta. Amb l'accés lliure, corres a l'altra banda i veus que la Carla es baralla amb el zombi. Deu haver deixat la barra de ferro a baix per poder grimpar més bé.

Et llances a la lluita sense perdre temps, però de seguida comproves que la vostra primera batalla no ha debilitat gens el mort vivent. En plena possessió de les seves facultats físiques, duplica els esforços per atacar-vos a tots dos i us obliga a recular cada vegada que atureu els seus atacs.

Finalment, tots tres acabeu entrant a la sala de comunicacions: una idea pèssima, ja que el zombi, furiós, destrueix tot el que troba. Amb l'equip destrossat, no podreu transmetre el missatge a la població.

Descobrir la desafortunada realitat et desconcentra tan sols uns segons, i el zombi, cada vegada més envigorit, se n'aprofita.

Després de la mossegada, només hi ha foscor.

Oh! No has pres la decisió correcta.

No et deprimeixis, però. Torna a la pàgina 280 o prova una altra aventura.

EN FRANK

T'has de rendir a l'evidència. És possible que tinguis altres trobades no desitjades. Per aquest motiu, és millor anar acompanyat d'un guerrer valent. Et podria ser molt útil. Així doncs, decideixes acceptar la seva oferta. El noi et dirigeix un somriure satisfet. De sobte, s'adona que estàs ferit i recula bruscament. En veure el teu gest de sorpresa, s'explica:

—Perdona. No suporto la sang.

Estàs al·lucinant. Ho diu de broma? Però si acaba de decapitar un zombi! «No hi ha dubte», penses una mica incòmode. «És un vampir.» I s'està reprimint per no menjar-te aquí mateix. Tot això dels zombis i vampirs en una mateixa nit ja comença a semblar una pel·lícula de terror d'aquelles tan dolentes, així que t'estimes més deixar de banda els dubtes i seguir el guerrer.

—Em dic Frank. A prop d'aquí hi ha una clínica on et podràs curar la ferida.

No t'has d'enfilar per la reixa: el teu nou amic té la clau del cementiri. La veritat és que pensa en tot; és l'eficàcia en persona.

En Frank et guia fins a la famosa clínica, que, efectivament, es troba a només uns minuts a peu. Com hi entrareu? En aquest cas, en Frank tampoc no sembla preocupat. Treu una capseta d'agulles i força el pany en un tres i no res. Heu entrat il·legalment en un establiment, igual que en les pel·lícules! En Frank s'afanya a registrar els armaris i et dona tot el que necessites per netejar-te la ferida. No gosa fer-ho personalment. Mentre et cures, el noi t'explica el que estava fent al cementiri.

—Estic buscant la manera d'aturar aquest maleït virus.

Alces una cella. Però... estan malalts? Em pensava que eren zombis...

—Fa uns anys, uns científics van trobar restes d'una presència extraterrestre per la zona.

Això va de mal en pitjor. Però... què s'empatolla?

—Sí, sí, alienígenes, homenets verds. Jo no els he vist mai, però és evident que existeixen. Algú va aprofitar el descobriment per extreure molècules d'ADN extraterrestre. I això és el virus. Si el transfereixes a un mort, reviu. O, més ben dit, es converteix en mort vivent; allò que tu anomenes zombi.

Però... qui voldria fer una cosa així? Aquesta història no et sembla gens creïble. De tota manera, el que acabes de veure no t'hauria semblat possible en cap cas fa només unes quantes hores.

—Estic convençut que el virus viatja per les aigües subterrànies del cementiri o pel sistema de reg automàtic. Només me n'haig d'assegurar. Pel que fa a qui pot haver tingut la idea d'escampar-lo, potser és algú que ens vol controlar a tots. Sigui com sigui, el virus s'estén a una velocitat increïble. Temo que la ciutat no sobrevisqui a la nit.

—Però no podem fer res contra aquelles bèsties —comentes—. Semblen invencibles.

—Si els talles el cap, no. Llavors moren, i per sempre. Si no, es tornen a aixecar. I si et mosseguen, com diu el mite, també et converteixes en zombi.

T'empasses la saliva. Quin panorama!

—Per més zombis que matem, si l'aigua continua contaminada, sempre en sortiran de nous.

—I què penses fer? —preguntes, intrigat.

—Aniré a la depuradora a veure si trobo l'origen del virus i el destruiré. Ja he inspeccionat el dipòsit d'aigua i res. Espero no equivocar-me. No tenim gaire temps.

«No tenim»? Com que «no tenim»? No deu pretendre que vagis amb ell...

—M'aniria bé una mica d'ajuda, i tu sembles valent. Què me'n dius? Vols venir amb mi?

1) Aquesta història no s'aguanta per enlloc.
- Com ajudaràs la teva família, si et mors abans?
Corre cap a la pàgina 272.

2) Vols salvar la ciutat? Doncs ajuda en Frank.
- I, com més aviat, millor. Corre cap a la pàgina 263.

SEGUEIX RODANT

El ciclomotor et tempta... T'encantaria tenir-ne un, però els teus pares no fan altra cosa que repetir-te que encara ets molt jove. Doncs ara sabran el que és bo! Hi puges, reculls la pota de cabra i arrenques el motor per partir a tota velocitat. El vehicle circula a una velocitat endimoniada, però no per plaer. Costa molt passar-s'ho bé quan has d'aturar una invasió zombi.

Zigzagueges entre zombis i humans sense problemes. La veritat és que no és tan complicat. Finalment, arribes als voltants del diari. De sobte, un zombi intrèpid se't llança al damunt. Per sort, aconsegueixes desempallegar-te'n gràcies al casc del passatger, que penja del manillar. L'agafes i l'hi tires a la cara. El zombi surt disparat i cau pesadament damunt la roda del davant, que es bloqueja a causa de l'impacte. A continuació, la roda del darrere perd l'adherència i tu també surts disparat cap endavant i acabes caient sobre l'asfalt a uns quants metres de distància. Et fregues la cama. Quin mal! Segurament t'has trencat un os i no pots córrer.

Llàstima!, perquè se t'acosten dos zombis que no semblen de tan bona pasta com en Frank.

Bon intent.

Torna a la pàgina 209 o viu altres aventures.

SOLS ENMIG DE LA FOSCOR

Si vols atacar els zombis abans que tinguin l'ocasió d'abraonar-se damunt teu, la millor tria són l'arc i les fletxes. A més, sempre has somiat de ser Robin Hood. T'estimes més veure la part positiva de les coses i aprofitar la invasió zombi per fer realitat el teu somni. Et dirigeixes amb discreció cap a la secció de tir amb arc i aconsegueixes la teva nova arma, que et dona un aire salvatge.

Per desgràcia, quan aneu cap a l'entrada, t'adones que el director del centre encara és allà, ben armat i disposat a matar-vos. La porta encara està força lluny i, si avanceu al descobert, l'individu tindrà tot el temps del món per disparar-vos. T'amagues darrere d'un llit elàstic de competició, agafes una fletxa del carcaix i dispares cap al director. Potser hauries d'haver triat una arma que ja haguessis fet servir abans, perquè la fletxa va a parar a la paret, darrere del teu adversari. El director, sorprès, gira en rodó. Mentrestant, la Carla s'hi ha pogut acostar i, aprofitant la confusió del seu cap, li clava un fort cop amb el bat de beisbol. Això sí que és treballar en equip!

Deixeu el director roncant darrere vostre i fugiu. Finalment, arribeu a la sala del quadre elèctric. El panorama que trobeu és un altre cop moral: han arrencat absolutament tots els cables. És impossible tornar a connectar-los i restablir el corrent. Notes que se't forma un nus a la gola. Sembla que els vostres esforços han estat en va.

De sobte, però, nous sorolls al passadís desvien la vostra atenció del generador elèctric: hi ha més zombis rondant per la zona. Si us quedeu aquí tancats, no solucionareu res, així que entre tots dos penseu ràpidament una altra opció. Darrere una Carla reflexiva, descobreixes una porta. Llavors dones una ullada al plànol de l'edifici que hi ha a la sala del quadre elèctric i descobreixes que des d'aquí es pot accedir a una escala que comunica amb el magatzem, pel qual es pot baixar a la plataforma on descarreguen els furgons. Podria ser la vostra sortida d'emergència, aquesta escala? Malgrat tot, la Carla t'explica que les portes de l'aparcament de furgons també estan automatitzades. Sense llum, trobareu alguna manera d'obrir-les per poder sortir? Decidiu provar sort, ja que, sincerament, és la vostra millor opció.

Baixeu l'escala i arribeu al magatzem. El panorama és impressionant: immenses torres de palets industrials suporten enormes caixes de cartó i plàstic, entre altres mercaderies. La claror de la lluna es filtra a través d'una petita claraboia i banya l'imponent magatzem d'un to blavós. A l'altra banda de l'estança, una porta condueix a l'escala de l'aparcament. Així que tanques la porta, sents uns sorolls a la planta superior. S'acosten els zombis, que us han seguit la pista fins a la sala del quadre elèctric. No us podeu entretenir. La remor és més forta cada vegada. Els zombis han començat a baixar per l'escala. Ja són molt a prop!

La Carla t'adverteix de possibles perills i comences a dubtar. Què és millor? Intentar contenir els zombis uns minuts per trobar un pla B, tot arrossegant la caixa enorme que teniu just al costat per intentar bloquejar la porta? O sortir corrent cap a l'escala que condueix als furgons?

1) **Bloquejar la porta amb la caixa.**
– Com si amb una capseta de cartó n'hi hagués prou per retenir els zombis... Però, mentre hi ha vida, hi ha esperança. Ves cap a la pàgina 111.

2) **Guanyar temps i córrer cap a l'aparcament.**
– Afanya't! Corre cap a la pàgina 254.

CRIDA A LA POBLACIÓ

Com més gent, més prioritat, oi? A més, tot i que hauríeu pogut fugir després d'escapar-vos del centre comercial, la Carla s'ha estimat més quedar-se per ajudar els altres. És evident que vol que transmetis el missatge a la població, costi el que costi. A contracor, dones l'esquena a la porta i et concentres en la sala de comunicacions. Un cop encens el micròfon, comparteixes el teu descobriment:

—A tots els habitants de Vilamort: no perdeu l'esperança. Els zombis tenen un punt dèbil: el cap. Apunteu al cap. Ens en sortirem. Resteu units i, sobretot, apunteu al cap.

A les pantalles de seguretat, comproves que el teu missatge ha arribat: als carrers, sembla que la gent t'escolta. Alguns busquen armes amb les quals puguin seguir el teu consell. En particular, la teva amiga Nora el segueix al peu de la lletra: agafa un bloc de formigó que troba davant l'aparador d'una botiga de bricolatge i rebenta el crani del zombi que l'atacava. Ja està fora de perill.

Els habitants de Vilamort es mobilitzen, s'organitzen ràpidament i ataquen en grup els zombis per tal de córrer el mínim risc possible. T'envaeix l'esperança. De mica en mica, sembla que els humans prenen avantatge respecte als seus adversaris.

Encara tens feina a fer, però. Corres cap a la porta; ja no se sent cap soroll al passadís. Se't fa un nus a la gola per culpa de l'angoixa. Has perdut la teva nova amiga? Gires cua i, per sort, trobes la Carla amb un peu damunt el cadàver del zombi que acaba de decapitar.

La noia està netejant l'arma, una podadora de jardiner, i et somriu.

—Estaves preocupat per mi, noi?

Fantàstic!!

Has pogut evitar la tragèdia i protegir la ciutat.

Ves a buscar la teva recompensa en la pàgina 297.

EL FLASCÓ

Aprofites la conversa acalorada per acostar-te amb discreció al dipòsit. Però, aleshores, dubtes: se n'adonarà, la Marie? De moment, continua concentrada en en Frank.

—No cometis l'error de posar-te de part dels vius, Frank —adverteix—, o en patiràs les conseqüències.

—Has perdut el seny! No et reconec. Si continues per aquest camí, seràs pitjor que l'alcalde.

La Marie deixa anar una riallada diabòlica.

—I què?

—Doncs que és espantós —diu en Frank—. T'has convertit en un monstre.

La Marie, histèrica, apunta amb la pistola al seu germà. Ara és el moment: et llances damunt el flascó i l'estires amb totes les teves forces. Merda! Està més ben fixat del que et pensaves!

—Què fas, criatura? —crida la Marie.

No desisteixes dels teus propòsits, però. La Marie, presa del pànic, t'apunta amb l'arma i dispara sense pensar-s'ho. Aleshores et travessa un dolor terrible. Caus al dipòsit de cap i de seguida perds el coneixement. Quan tornes a obrir els ulls, et sents diferent. Estàs molt dèbil i tens una gana terrible.

Game over!

Has fracassat quan estaves molt a prop d'aconseguir-ho... Et ve de gust tornar a la pàgina 251? O, si vols, pots tornar a començar l'aventura.

AL CENTRE COMERCIAL

Gires cua com si res, fent veure que la banda de desconeguts no et preocupa gens. Malgrat tot, de tant en tant, dones un cop d'ull darrere teu. Merda! Encara et segueixen! I, de sobte, acceleren. Val més anar al més segur, així que arrenques a córrer tan ràpid com pots en direcció al multicine. Els desconeguts no perden l'aplom i et persegueixen a una velocitat endimoniada. Per sort, la resistència física no sembla que sigui el seu punt fort i un d'ells es desploma, esgotat.

Finalment, arribes als voltants del cinema. Abans de travessar les portes, et gires per última vegada i constates amb horror que tens un dels teus perseguidors just darrere teu. Es tracta d'un individu francament repugnant, cobert d'una mena de sang verda que li regalima de la templa a l'espatlla. Té la mirada perduda i d'un to groguenc, i sembla disposat a llançar-se damunt teu. És curiós que no t'hagis adonat de la seva presència, perquè fa molta pudor. S'assembla a un dels zombis de la pel·lícula que acabes de veure.

L'individu et posa la mà a l'espatlla i et subjecta amb fermesa. Aleshores s'inclina, bavejant, disposat a mossegar-te. Tu l'empenys amb un brusc moviment dels braços, però ell no es deixa impressionar i resta aferrat a la teva espatlla. Dones una ràpida ullada al teu voltant i a l'interior del multicine: no hi ha ningú. El lloc està desert, sense ningú que et pugui donar un cop de mà. Sense cap més còmplice que tu mateix, reacciones i claves al teu atacant una de les teves famoses puntades de peu de karateka, just quan comencen a acostar-se els seus sequaços. Per sort, has apuntat bé, i l'individu acaba caient ben bé damunt d'un dels seus amics, el que tenia al darrere. Aquest també cau i acaba xocant contra una tanca publicitària, que es deforma amb el cop, de tal manera que el pal, doblegat, cau sobre el braç del desconegut i l'hi amputa. Quin horror! Amb la mala pinta que tenia ja d'entrada...

Malgrat tot, l'individu no emet cap crit de dolor mentre la ferida inunda el terra d'una densa sang verdosa. Però... es pot saber què són, aquestes criatures? L'individu continua gesticulant, es posa dempeus i se t'acosta, sense preocupar-li gens el fet d'haver perdut l'extremitat. Semblen morts vivents. No val a badar, ja que són molts per a tu sol, així que arrenques a córrer i travesses les portes del multicine.

Un cop a l'interior de l'edifici, a penes il·luminat, corres cap a un petit passadís que porta als lavabos i t'arrauleixes a l'ombra per tal d'amagar-te. T'hi estàs una estona força llarga, alerta, però no sents cap remor. Deuen haver marxat, els zombis?

Aprofites l'instant de calma per treure el mòbil i trucar als teus pares. Quina mala sort! Tens la pantalla trencada! De tota manera, decideixes intentar-ho. És en va. No hi ha senyal. Se t'deu haver trencat durant la baralla.

Just damunt teu, a la paret, veus unes velles cabines telefòniques de targeta. Per desgràcia, fa uns quants anys que no funcionen. Què penses fer? En aquests moments, la teva única esperança és que hi hagi algú a l'edifici que et pugui ajudar, però no serà fàcil: a aquesta hora, no hi deu haver gaire gent per la zona. Aleshores, et fixes en una petita porta de servei que ha quedat oberta i que condueix a la galeria comercial del centre. Allà, però, tampoc no hi ha ningú. Malgrat tot, decideixes assegurar-te'n.

—Que hi ha algú? —crides.

Però només et respon l'eco de la teva veu.

Així doncs, optes per recórrer la galeria, a la recerca desesperada d'un guarda del torn de nit. Hi ha d'haver algú per força.

En acostar-te a les botigues de roba, sents un soroll en un local proper. No hi ha dubte que encara està obert, ja que la reixa no està abaixada. Potser hi ha algú que et pugui ajudar. A pocs metres, però, entreveus la sala de seguretat. T'estimes més anar cap allà, potser?

1) Entres a la botiga.

– I si trobes un zombi amagat en la pàgina 170?

2) Et dirigeixes a la sala de seguretat.

– I si hi ha un zombi amagat a l'armari de la pàgina 174?

LA LLEI DEL MÉS FORT

Matar el teu mentor o deixar que et mati: mai no t'havies imaginat que et trobaries davant d'un dilema com aquest. Se't menja la culpabilitat, però el teu instint de supervivència és més fort. Alces l'espasa per damunt del cap i la deixes caure sobre el clatell de l'Ajub.

Ui! Veus que l'Ajub s'aixeca i retrocedeix gemegant, enfurismat. Que imbècil! Amb una espasa d'esgrima és impossible tallar un cap. Entre la por, el desconcert i la urgència de la situació ni tan sols t'ho has plantejat. I, a més, has fet enfadar el teu entrenador, que es llança damunt teu amb una violència insòlita.

En Frank, però, no pensa deixar que et massacri sense intervenir-hi i el copeja. L'Ajub reacciona i talla el cap a en Frank quan aquest amb prou feines ha seccionat el braç del seu rival. Borbolls de sang verda cauen sobre el teu aliat, que deixa anar l'arma. Rodoles per terra per recuperar-la, t'alces d'un bot, i, sense dubtar-ho, li claves un cop de matxet.

O ho intentes. En comptes de copejar el cap del teu entrenador, la fulla se t'escapa, travessa tota l'estança i acaba clavada, toscament, a la paret. S'ha acabat; has perdut. El zombi se't llança al damunt i et mossega amb avidesa.

Make desu.

Sí, sí: has perdut, però pots tornar a la pàgina 263 o tornar a començar.

DONES UN COP DE MÀ ALS BOMBERS

Corres cap al camió de bombers, seguit d'en Nour. Agafes la mànega i l'estires amb totes les teves forces per desenrotllar-la. En Nour se situa a prop del cotxe i busca l'aixeta per obrir l'aigua.

Un zombi bomber s'adona de la teva presència i es dirigeix cap a tu. Aleshores, crides a en Nour:

—Ara!

En Nour obre l'aixeta i apuntes primer al zombi que tens al davant, i després, al grup que està atacant els bombers. Els deixes atordits.

Els zombis, però, de seguida es posen dempeus de nou, així que val més que arrenqueu a córrer com més aviat millor. Els bombers tornen als seus vehicles i us criden:

—Pugeu!

Us enfileu al camió més proper, que arrenca bruscament. Agafes aire. No t'ho acabes de creure, però esteu sans i estalvis. Sans i estalvis!

Mires al teu voltant. Els quatre bombers encara no s'han recuperat de la impressió; estan molt pàl·lids. I entens per què. Acaben de veure una cosa que sembla impossible i, a més, un dels seus els ha atacat.

De sobte, et fixes que un dels bombers té una marca al coll, mig amagada per la camisa de l'uniforme. En brolla sang, que va canviant de color, fins que agafa un to verdós.

L'han mossegat.

Estàs a punt de cridar per advertir els altres, però ja és massa tard. El bomber, ja transformat en zombi, ha embogit. El conductor no l'ha vist i continua al volant. Fas aixecar en Nour del seu seient, obres la porta del darrere i saltes del vehicle amb el nen als braços, al mateix temps que el zombi ataca els seus companys. Caieu a terra i rodoleu per l'asfalt.

Et poses dempeus. En Nour, igual que tu, només té unes quantes esgarrinxades, res més. Malgrat tot, la calma no dura gaire. Més zombis es dirigeixen cap a vosaltres per la carretera. Has de pensar, i ràpid. Heu abandonat la urbanització i encara us trobeu força lluny de la casa d'en Nour; a més, no disposeu de bicicletes. Com arribareu a casa seva?

De sobte, veus una claveguera amb la tapa oberta. I si us hi fiqueu? Podríeu travessar el barri sense perill… No gaire lluny d'on ets, observes que els llums del Chicken Spot estan apagats; la porta, però, està mig oberta. També us hi podríeu refugiar i descansar una mica mentre traceu un pla.

1) Baixes per la claveguera.

– De pressa! Ves cap a la pàgina 199!

2) Et refugies al Chicken Spot.

– Corre! Ves cap a la pàgina 35.

HAS DE RECUPERAR L'ARMA

Arrenques a córrer entremig de la gentada i lluites per recuperar l'arma. Quan estàs a punt d'agafar-la per l'empunyadura, el zombi contra el qual lluitaves trepitja la fulla i s'abalança damunt teu. Aconsegueixes esquivar-lo rodolant per terra, i, així que t'alces, t'adones, de sobte, de l'escena que t'envolta: estan matant els humans, que s'estan convertint en zombis. Arribes massa tard per salvar el teu pare. La dona de la cicatriu ja l'ha transformat.

Desesperat davant l'horrible escena, no veus venir el segon atac del teu oponent, que et dona un cop de puny molt fort a la cara. Et desplomes i perds el coneixement.

S'ha acabat!!

Tret que vulguis retornar a la pàgina 243
o tornar a començar l'aventura.

SEGUINT EL RASTRE

Segueixes les petjades i de seguida esbrines cap a on es dirigeixen: a casa de la Cassandra. Com que eres amb ella, és lògic que els teus pares et busquin allà.

Al cap d'uns minuts, arribes al llindar de la porta de casa seva. Els teus pares són allà, a la cuina…, barallant-se! Oh, no! El teu pare s'ha convertit en zombi i està atacant la teva mare.

Corres cap a ells per intentar aturar el teu pare, però és complicat, ja que no li vols fer mal. Finalment, el deixes inconscient d'un cop de cassola i el tanqueu al lavabo. Què fareu ara? No el podeu deixar abandonat, i encara menys, matar-lo.

La teva mare sembla esgotada, amb el cap en una altra banda. S'ha de recuperar, però. Quan li poses la mà al braç, se sobresalta, com si de sobte l'haguessis fet tornar al món real, i et dirigeix un somriure forçat.

—Estic bé, estimat. No et preocupis.

Li ensenyes el bloc de notes de l'experiodista. Potser podeu trobar pistes. Per sort, la teva mare no és zombi, sinó la científica de la família: és farmacèutica. Tot seguit, comença a llegir els apunts.

Sents com el teu pare dona cops a la porta del lavabo; les frontisses no aguantaran gaire temps. La teva mare fulleja la llibreta i llegeix uns quants fragments amb dades sobre els primers zombis. Tot d'un plegat, es redreça i el rostre se li il·lumina.

—Ja ho tinc! Aquests apunts fan referència a diversos casos de persones immunitzades contra el virus zombi i, fins i tot, curades. Totes han estat en contacte amb pebre, bitxo o determinats medicaments. I tots contenen capsaïcina.

Increïble! Però esteu segurs que funcionarà? La teva mare dubta; no ho heu comprovat personalment.

—No tenim cap altra opció, mare.

—Tens raó. Hem d'anar corrents a la farmàcia, tret que...

La teva mare es gira cap al lavabo.

—A la Cassandra li han receptat medicaments que contenen capsaïcina.

Fas uns ulls com unes taronges a causa de la sorpresa.

—Com ho saps?

La teva mare arrufa el front. És obvi.

—Perquè els hi venc jo.

Amb el teu pare tancat al lavabo, però, serà complicat recuperar els medicaments. Una altra opció seria anar a la farmàcia, però és força lluny. Segur que aguantarà tant de temps, la porta?

1) Corre cap a la farmàcia!

– **Ves cap a la pàgina 201.**

2) No teniu temps. Cap al lavabo!

– **Per evitar que això es converteixi en un nou *The Shining*, ho haureu de planificar tot al detall.** **Corre cap a la pàgina 180.**

INSPECCIÓ SORPRESA

No estàs en contra de fer una mica de teatre, sobretot si així podeu destruir el virus molt abans i posar fi a la invasió zombi d'una vegada per sempre. Així doncs, et desempallegues de l'armadura i abandones el *nunchaku*. Amb la nit que has passat fins ara, et sents una mica despullat sense les armes i et consideres un blanc més fàcil, però és el preu que s'ha de pagar per portar a bon terme el pla.

Amb un cop precís, obriu la trapa. Penetreu a la depuradora i accediu a la sala de màquines. Us preneu tot el temps del món per empolainar-vos abans de sortir: no és qüestió d'anar pel món fent pudor de claveguera.

Després de recórrer uns quants passadissos de la depuradora, arribeu al passatge protegit que condueix a la zona dels dipòsits. Dos agents en controlen l'accés.

—Ja me n'ocupo jo —et diu en Frank, molt segur d'ell mateix—. Sempre porto una placa de policia falsa. Aquest truc me'l va ensenyar el meu redactor en cap. Amb aquesta placa podrem entrar on vulguem.

El cert és que devia ser molt pràctic per als seus reportatges. Així doncs, segueixes el teu amic, que es planta davant els dos guàrdies amb una gran seguretat, com si l'edifici fos seu. Tot seguit, treu la placa i la sacseja davant la cara dels agents.

—Inspector Stein, Frank Stein, de la policia. Això és una inspecció sorpresa, nois —diu amb to de *cowboy*.

De veritat que té tanta experiència com aparenta, en Frank? Et fa l'efecte que està sobreactuant. S'ho creuran, els vigilants? Un d'ells sembla força sorprès.

—Una altra? —pregunta.

En Frank no respon, però la reflexió t'intriga i et deixa força inquiet. Què deu haver volgut dir? A l'altre agent de seguretat encara el sorprèn més la teva presència i et mira fixament, confós. En Frank segueix la direcció de la seva mirada i el tranquil·litza.

—Ah! Ell és l'Elijah, el meu becari de tercer.

Això va de mal en pitjor i els agents no semblen gaire convençuts.

—A aquestes hores? —pregunta un d'ells.

—N'ha d'aprendre —confirma en Frank, assentint, abans de continuar—. En fi, vaig a comprovar la neteja dels dipòsits. Ja coneixeu la rutina.

Et dona un copet a l'esquena per convidar-te a seguir-lo i comença a caminar.

—Bé, ja ens espavilarem tots sols. Gràcies, senyors —diu mentre apressa el pas.

—Però... aquest no és el protocol que s'ha de seguir. Els hem d'acompanyar —protesta un dels vigilants, que ja ens ha atrapat.

—Que vol que el sancioni? —amenaça en Frank—. Au, torni al seu lloc.

El vigilant, preocupat per la seva feina, acata l'ordre i us deixa marxar sols. Caram! En Frank no té contemplacions i tot sol ha aconseguit desempallegar-se dels dos agents.

Travesseu uns quants passadissos sense que res us molesti i arribeu a la sala de l'ordinador central, el qual us hauria de permetre identificar immediatament el dipòsit contaminat. Aquí és on la cosa es complica. No teniu dret a accedir-hi, encara que sigueu policies. Us haureu d'afanyar; sobretot, perquè els dos vigilants de la sala de seguretat sembla que sospiten de vosaltres. En Frank es dirigeix cap al teclat, mentre tu fas guàrdia a l'entrada de la sala d'informàtica. El teu amic tecleja a tota velocitat, però no n'estàs convençut. Transcorren els segons; us podrien descobrir en qualsevol moment.

—Afanya't —l'apresses, una mica esporuguit.

—Gairebé ja he acabat —et tranquil·litza el teu aliat.

Per desgràcia, la vostra veu arriba fins a un vigilant que fa la ronda pel passadís. S'està acostant i tanques la porta per impedir que vegi en Frank piratejant el sistema.

—Què fas aquí, noi? —et pregunta el vigilant amb autoritat.

Enxampat de sorpresa, balboteges unes quantes ximpleries que no l'acaben de convèncer, i l'agent et demana que t'apartis per entrar a la sala. Espantat, empenys amb violència el vigilant contra la paret. Ui, n'has fet un gra massa! Es dona un bon cop al cap i cau a terra desmaiat. Aleshores entres en tromba a la sala.

—Frank, hem de tocar el dos ara mateix! —crides al teu amic.

—Perfecte! —respon somrient—. Ja he trobat el dipòsit.

Sortiu molt de pressa i passeu per damunt del cos del vigilant, que està inconscient. Us haureu d'afanyar, perquè ja comença a despertar-se. Arrenqueu a córrer. L'agent de seguretat no tardarà a donar la veu d'alarma.

Per arribar al dipòsit, teniu dues possibilitats. La primera, anar fins allà amb tota la barra del món, sense preocupar-vos dels guàrdies, amb l'esperança que la falsa placa de policia d'en Frank i la seva retòrica donin resultat. Ara bé, potser penses que és massa arriscat, ja que l'alarma podria sonar en qualsevol moment. L'altra possibilitat seria avançar ocultant-vos entre les enormes canonades de la depuradora i entrar a la sala dels dipòsits d'amagat.

1) Amb tota la barra del món.
- La sort somriu als valents. Comprova-ho en la pàgina 261.

2) D'amagat.
- Amb una mica de sort, no us enxamparan.
Comprova-ho en la pàgina 251.

EL JUSTICIER

Si et trobessis al seu lloc, oi que t'agradaria que et concedissin la presumpció d'innocència? Basant-te en aquesta idea, ensenyes la clau a l'intrús i el convides a acompanyar-te al vagó del costat. Alguns passatgers protesten: és un zombi i no es mereix tants miraments. Per la seva part, l'intrús no es queixa. Estar sol en un vagó és clarament un mal menor. Obres la porta del vagó en què us trobeu i travesses, no sense temor, la petita plataforma metàl·lica que separa els dos vagons del vell tren regional. L'individu et segueix sense dir ni piu i entra al vagó del costat. Tot seguit, el tanques amb clau. La seva mirada et fa llàstima. És cert que no podeu córrer riscos, però és evident que no és un zombi. Almenys, aquí estarà a recer dels més paranoics.

Quan tornes al vostre vagó, hi regna el caos. Un home que fins aleshores havia estat tranquil al seu lloc s'abraona violentament sobre una dona gran i la mossega al coll. El mort vivent deu haver aprofitat la confusió per amagar-se entre vosaltres. La dona intenta defensar-se, però veus que la bèstia li ha esqueixat la carn. És un zombi! Aquest és el càstig per haver tancat la persona equivocada. El zombi es posa dempeus, amb la cara tacada de sang i coberta de trossos de pell…, i et somriu. Ecs! Aleshores observes amb horror com el cos de l'anciana es recargola abans de posar-se dempeus. Ara teniu dos zombis en contra vostra.

Per tot el vagó ressonen crits de pànic i el caos es fa patent. Alguns intenten amagar-se sota els seients, mentre que d'altres s'armen de coratge per atacar els zombis. Cerques els teus pares amb la mirada, però no els trobes. Què penses fer ara? La teva amiga Carla ha passat a l'atac, però està tan esgotada per tota aquesta aventura que no resistirà gaire.

Cada vegada més i més vius s'afegeixen a la batalla. De sobte, un tercer humà és mossegat, i un quart. Això va de mal en pitjor. Tot d'un plegat, t'adones que estan a punt de mossegar la Carla. No et cal res més per participar en el combat. Per desgràcia, de sobte, reps un cop que et llança pels aires i t'envia uns quants metres enrere. Aleshores et fixes en la finestra del vagó veí: l'intrús et fa senyals. Et poses dempeus i l'observes. Et mostra una barra de ferro: és una barra de subjecció. La deu haver arrencat. Quina força que té!

Corres cap a ell, obres les portes i deixes entrar el teu company, gens rancuniós, que s'abalança sobre un primer zombi i li rebenta el crani amb un violent cop amb la barra de ferro. A continuació, n'ataca un altre. Els humans, com hipnotitzats per les accions d'aquest guerrer impressionant, per al qual l'enfrontament sembla un joc de nens, deixen de lluitar. Igual que un jugador de rugbi, el teu nou aliat s'abraona sobre la massa de zombis, en llança un contra la paret, en copeja un altre al cap i torna a atacar el primer per destrossar-li el crani. En un tres i no res, els elimina a tots. Us ha salvat a tots ell solet! Sort que hi has confiat!

Després de desfer-vos dels cossos inerts dels morts vivents, continueu el vostre periple; aquest cop, més serens. Malgrat tot, mentre contemples, distret, els camps de remolatxa per la finestra, penses en el regust amarg de la vostra victòria. Els altres no han tingut tanta sort i encara són a la ciutat, segurament patint encara els atacs dels zombis.

Deu haver arribat a altres ciutats, la tragèdia? Es deu haver escampat per tota la regió, el virus? Tard o d'hora, el tren s'haurà d'aturar en algun lloc. Què trobareu, quan baixeu a l'andana? De veritat que ja s'ha acabat, l'aventura?

Has guanyat!

Enhorabona! Has aconseguit salvar els teus pares i fugir de la ciutat.

RECULES

Recules. Haureu de buscar una altra solució. Només se te n'acut una, però: tornar a la ciutat i buscar els vostres pares.

Quan arribeu a la frontera del terme municipal, et convences que no serveix de res continuar amb cotxe. A més, no et sents gaire segur al volant, ja que no domines la conducció, de moment.

Aparques el cotxe.

—Au, vinga, Nour! Continuarem a peu.

Ves cap a la pàgina 255.

A CASA D'EN NOUR

Has de protegir en Nour costi el que costi. Crides a l'ancià que entri a la casa mentre arrossegues en Nour cap a l'interior. Per sort, tanques la porta just abans que els zombis es llancin a sobre d'aquesta.

Els pares d'en Nour, alarmats pel soroll, apareixen de sobte davant vostre, armats amb catanes. Caram! Però... quina mena de família és, aquesta?

La mare, la Béatrice, t'ajuda a passar el forrellat per impedir el pas dels zombis i abraça el seu fill abans de dirigir-se a tu.

—Gràcies —et diu.

Però no és un bon moment per a retrobaments efusius. Segueixes la família, que et porta al garatge.

—Anem al cotxe. Hem de sortir de la ciutat ràpidament —et diu la Béatrice.

Tu t'hi negues, però. Els teus pares encara són allà i et deuen estar buscant; no els pots abandonar. I, a més, darrerament no has tingut bones experiències als cotxes dels altres, que diguem.

En Bill, el pare d'en Nour, t'agafa per les espatlles.

—Escolta, trobarem els teus pares, però ara la prioritat és buscar un lloc segur, d'acord? Estàs sota la nostra responsabilitat. I això no és negociable.

Aleshores saps que no tens cap altra opció. Puges als seients del darrere amb en Nour i et fixes que hi ha unes quantes catanes als teus peus. Condueix la Béatrice, i el seu marit Bill seu al seient del copilot.

De cop i volta, dos zombis salten sobre el capó. Avanceu a tota velocitat fent ziga-zagues entre els cotxes per desempallegar-vos-en. De sobte, el vehicle frena bruscament i els dos zombis cauen a terra. Torneu a arrencar a tota velocitat i envestiu els morts vivents.

Una mica més endavant, arribeu a un embús colossal. Tothom vol fugir de la ciutat: inacabables fileres de cotxes, gent que surt dels vehicles cridant, discutint o tocant la botzina. No teniu escapatòria.

Fixes la vista en el buit. De sobte, alguna cosa capta la teva atenció: t'ha semblat veure els teus pares. No n'estàs segur, perquè només ha estat un segon, però podrien ser ells. Què penses fer?

1) Et quedes al cotxe.

– Llegeix la pàgina 216.

2) T'estimes més anar a buscar els teus pares.

– Han de ser ells! Ves a buscar-los en la pàgina 271.

A LA BASE

De seguida arribeu a una zona militar sense arbres. T'hi acostes amb discreció per no alertar les patrulles, seguit de la senyora Besset i d'en Nour. Observes els militars durant una estona i t'adones que els seus moviments són massa mecànics. No pot ser. També s'han convertit en zombis, ells? Malgrat tot, per més estrany que sembli, continuen fent la seva feina.

Accediu a l'aeròdrom, on hi ha un avió contra incendis. Tot seguit, n'ompliu els dipòsits amb la substància. Un cop plens, la senyora Besset s'asseu al seient del pilot. I, mentre l'avió s'engega, t'adones que a la cabina també hi ha en Rod, tot un heroi a la localitat, un colós de l'exèrcit amb nombroses condecoracions..., el qual acaba de convertir-se en zombi!

—Mare meva!

Hauràs de lluitar contra ell? Ho tens força complicat. El zombi sembla molt segur de com acabarà el vostre enfrontament i es posa en guàrdia. Amb tot, tu confies en la teva rapidesa i en les tècniques que has après practicant karate. Així que veus l'oportunitat, ataques, però en Rod frena la catana amb les mans, te la pren i la fa miques. Aleshores comença a riure tètricament amb grans riallades.

L'avió s'envola i caus cap enrere, tot allunyant-te d'en Rod. Hauràs de recórrer a la teva astúcia. La teva única esperança és el gas pebre que porta la senyora Besset, que ni tan sols s'ha assabentat del que està passant a causa del soroll del motor. El zombi s'interposa entre la porta i tu. Observes que en

Nour està arraulit en un racó, al darrere d'en Rod, i que, molt a prop teu, hi ha una petita pistola de defensa penjada a la cabina.

Què prefereixes? Distreure'l i indicar a en Nour que vagi a buscar el gas pebre de la senyora Besset? O agafar la pistola i disparar a en Rod?

1) **Distreure'l.**
   – **Una bona distracció sempre dona resultat. Pàgina 143.**

2) **Disparar a en Rod.**
   – **No saps quanta estona el podràs entretenir. Val més deixar-lo fora de combat immediatament. Pàgina 292.**

EL DEFENSOR DELS MÉS DÈBILS

Això de fer-te l'heroi no ha funcionat. Has obligat en Billy a abandonar la batalla per venir a ajudar-te. Aquest cop, val més que li facis cas. Compta amb tu per protegir els més dèbils, de manera que t'hauries de quedar al teu lloc.

Serrant les dents i amb malestar a l'estómac, t'esforces per ignorar el foc, que es propaga a un ritme frenètic —sempre que no us amenaci directament, si hem de ser francs—, i prefereixes centrar-te en el teu paper de protector. Restes alerta. Si els zombis decidissin atacar els nens, et tocaria a tu defensar-los.

I, de sobte, en aquest mateix moment, t'adones de la presència d'un mort vivent, que observa, mort de gana, un dels nens. Subjectes amb força el ganivet que tens a la mà i l'esgrimeixes davant teu, tot deixant clar, d'entrada, a l'agressor que no ho tindrà gens fàcil. El zombi s'acosta amb una mirada penetrant, i, sense avisar, es llança en direcció al petit, que vol convertir en el seu sopar. Això, però, només acaba de començar. Sense dubtar, t'interposes entre el nen i el mort vivent, que no espera més per atacar-te, empipat per la teva intervenció. Intenta clavar-te un cop al ventre, però tu ets més ràpid. Li assestes una ganivetada i li talles el braç, del qual emana un raig de sang verda. El zombi, desestabilitzat, retrocedeix unes quantes passes, i llavors un adult de la banda li acaba tallant el cap. Molt bona feina! Has aconseguit protegir el nen gràcies al treball en equip.

No tens gaire temps per alegrar-te'n, però, ja que acaba d'arribar un segon zombi, que també s'ha fixat en les preses fàcils. Et tornes a concentrar immediatament, i tot d'un plegat el mort vivent passa a l'acció. Se't llança a sobre, armat amb una petita destral, que intenta clavar-te al mig del front. L'esquives just a temps i encadenes el moviment amb una ganivetada al coll del zombi. La criatura gemega, però sembla menys delicada que el seu company i es refà de seguida. Vaja! Aquest sembla un os dur de rosegar. Et disposes a clavar-li una segona ganivetada, però el zombi se t'avança i t'agafa amb força pels braços. Així comenceu una lluita cos a cos. No estàs gens segur de triomfar: el mort vivent és molt més fort que tu.

Per sort, els nens que protegeixes també han pres la decisió de protegir-te. De sobte, una nena petita s'aferra a la cama del zombi i l'estira amb totes les seves forces. El teu adversari perd l'equilibri i cau a terra. Finalment has aconseguit vèncer-lo. Tot seguit, dones les gràcies a la nena per la seva ajuda.

*

El combat s'ha acabat i la banda d'en Billy ha aconseguit desfer-se de tots els zombis. Per sort, no hi ha més morts en les vostres files. Malgrat tot, quan us disposeu a reprendre el camí cap a la fàbrica abandonada, l'incendi de la casa veïna es propaga de sobte a la velocitat de la llum: el foc arriba fins al carrer i us talla el pas.

Us veieu forçats a buscar un altre camí per evitar el foc. Un proposa una idea, un altre està segur que la seva és millor, i aleshores el grup comença a barallar-se.

Tu, que sempre has viscut en aquesta ciutat, la coneixes com si fos casa teva. Saps que anar per la sendera seria una bona solució, ja que els arbustos i els arbres que la voregen us permetrien amagar-vos en cas d'atac. Ara bé, si féssiu drecera pels camps de cultiu, avançaríeu més de pressa, perquè és la ruta més directa. Quin camí recomanes al grup?

1) **Anar per la sendera.**

– **Els nens es podrien refugiar fàcilment en la pàgina 217.**

2) **Fer drecera pels camps.**

– **Afanya't! El temps s'esgota! Corre cap a la pàgina 30.**

LA PLAGA DE ZOMBIS

Si fuges cap a l'arxiu, només ajornaràs el problema. Tard o d'hora hauràs de sortir del diari. Així doncs, decideixes actuar d'una manera assenyada. De sobte, gires en rodó i, amb el *nunchaku* a la mà, el fas giravoltar per damunt del cap. La figura, molt espantada, resta immòbil, i li claves un cop a la cara.

Sobtadament, l'ombra s'alça i, d'una empenta, t'envia contra el mirall, que es trenca en xocar contra el teu crani. Ai! Comences a sagnar. Aleshores claves una violenta puntada de peu a les cames del teu adversari, els trets del qual comencen a dibuixar-se. És un humà, i no pas un zombi! Es deu haver amagat durant algun atac.

Vols posar fi a les hostilitats, però l'individu està disposat a defensar-se i et dona un cop a la ferida de la mandíbula. El dolor t'impedeix de parlar. L'individu t'agafa per les espatlles i intenta fer-te caure, però tu et resisteixes i fas força per desestabilitzar-lo. La violència dels moviments us empeny cap a la finestra. Intentes apartar l'home per quedar lliure, però ell se t'aferra per arrossegar-te en la seva caiguda. Piqueu contra la finestra, que es trenca, i caieu tots dos junts des d'un quart pis.

O potser no.

Pots retornar a la pàgina 289
o començar l'aventura de nou.

FUGIU DE LA CIUTAT

Recorres els carrers a peu, acompanyat d'en Nour. Passes pel costat del senyal que indica l'entrada a Vilamort, que ha caigut a terra, destrossat. Una gran taca de sang impedeix de llegir el nom de la localitat. Quan us disposeu a travessar el límit del terme municipal, un zombi es tira des d'un arbre i t'arrossega amb ell. Lluites amb totes les teves forces i busques l'arma amb la mà. Així que tanques els dits al voltant de l'empunyadura —zas!—, una llampada argentada talla l'aire i secciona el cap del zombi, el cos del qual et cau a sobre.

T'alliberes ràpidament d'aquesta positura tan incòmoda. En Nour, impressionat, mira fixament el cadàver, amb les mans encara aferrades a la catana. L'abraces un instant per tranquil·litzar-lo, per dir-li que no tenia cap més opció i per recordar-li que t'ha salvat la vida, però que heu de continuar endavant.

Intentes eixugar-te la sang verda que et cobreix de cap a peus, però és una batalla perduda. Tot d'un plegat, esquives una pedra que t'han llançat directament a la cara. T'ha vingut d'un pèl! Et gires i veus una colla de cinc nois d'uns dotze anys que, armats amb un munt d'andròmines, s'abalancen sobre vosaltres. No són zombis. Llavors, per què us ataquen? Atrapes al vol el pal d'un d'ells abans que et copegi.

—Pareu! No ens volem barallar.

Els nois resten immòbils.

—No ets un zombi? —pregunta un d'ells.

—Doncs no.

—Ai, ui...! Em sap greu! Amb tota aquesta sang verda, ens hem pensat que ho eres.

Somrius. Quins nois més valents! El més petit de tots t'examina de dalt a baix.

—Ostres! Però si és l'Elijah! Ets tu, oi?

—Sí. Que ens coneixem?

—Jo sí que et conec. Ets molt famós a l'escola. La Cassandra i tu feu molt bona parella.

El més gran del grup pren la paraula amb un posat seriós.

—Anem a buscar els nostres pares tots junts. Vols venir amb nosaltres? Seràs el cap de la banda.

Somrius. Et cauen bé, aquests nois. Potser hauríeu d'anar amb ells. Mires en Nour, que és al teu costat. T'has d'ocupar d'ell. Creus que seràs capaç de fer-te responsable de cinc nois més que són més petits que tu? De tota manera, no sembla que els hagi anat del tot malament sense tu.

1) **Acceptes la proposta.**

– **Au, vinga, que encara heu de recórrer molt de camí!**
Dirigeix-te a la pàgina 223.

2) **Rebutges la proposta.**

– **Et sap greu, però t'has d'ocupar d'en Nour.** **Ves a veure com continua en la pàgina 234.**

COM A CASA

És un divendres a la nit, així que el centre comunitari ha d'estar ple a vessar d'adolescents que et podran ajudar. Normalment, a aquestes hores, els futbolins i els taulers de dards estan en plena activitat. Així doncs, corres cap al centre de joventut, tot mirant enrere de tant en tant per assegurar-te que no et persegueix cap zombi.

Quan arribes davant el centre comunitari, et fixes que els llums estan apagats. No hi ha ningú! Això no té sentit! Malgrat tot, no perds l'esperança i decideixes donar-hi un cop d'ull. Aviat, però, t'adones de la crua realitat: no hi ha ni una ànima.

Quin fàstic! Què carai...! Aniràs a la urbanització corrent. Així que tornes a la carretera, un vehicle se't tira a sobre. És evident que es tracta del pertorbat que has trobat a prop del lloc de l'accident, que està decidit a matar-te. El cotxe comença a fer ziga-zagues al teu voltant per desestabilitzar-te. I ho aconsegueix. Estàs atordit i no saps com fugir.

Aleshores s'obre la finestreta del davant i veus que hi ha un zombi al volant. Quin horror! El cotxe s'allunya durant un instant, però només per prendre embranzida. Notes com se't contrauen tots els músculs, preparat per saltar cap a un costat de la carretera. De sobte, s'obre una de les portes del darrere i, amb el vehicle en moviment, t'estiren cap dins, sense que puguis fer res per evitar-ho.

Et reben tres zombis. Sembla que estan a punt de celebrar una gran festa en què tu seràs el protagonista, però no estàs segur de passar-t'ho gaire bé. Amb les portes tancades i sent tres contra un, no tens cap possibilitat.

No t'hi pots resistir. Et mosseguen a la cara i tot seguit perds el coneixement.

Game over!

Pots tornar a la pàgina 186
o començar des del principi.

GATS AL BAIXANT

Heu de restar units: aquest ha de ser el vostre lema. No et pots enfrontar a un possible perill sense la teva aliada, però tampoc no la pots deixar tota sola esperant al pati de l'ajuntament.

Així doncs, la Carla i tu decidiu enfilar-vos pel baixant. Per desgràcia, et veus obligat a desfer-te de la barra de ferro. Has intentat subjectar-la amb les dents (ecs!), però has de ser realista: és impossible aferrar-se bé al baixant mentre mossegues la barra. Què carai…! Només esperes que no te n'hagis de penedir.

La Carla lidera la marxa i comenceu l'ascens. Tal com t'esperaves, no resulta gens fàcil. Amb les pluges de la tardor, el baixant, cobert de verdet per algunes zones, rellisca molt, i tampoc no hi ha gaires punts on agafar-se a la paret emblanquinada, llisa i impecable.

D'aquesta manera, avanceu sense presses, tot i que tots dos esteu a punt de caure unes quantes vegades. Quan intentes recolzar-te a l'ampit d'una finestra, et dones un cop a la mà amb l'extrem punxegut d'un porticó. Merda! Només faltava això!

—Estàs bé? —et pregunta la Carla.

—M'he fet sang.

T'envaeixen al mateix temps les sensacions de dolor, ràbia i enuig amb tu mateix. I, per postres, hi ha la sang. Atraurà els zombis?

Sacseges la mà per intentar superar el dolor, i hi descobreixes una ferida impressionant... De sobte, una aparició et deixa glaçat. Un zombi que estava amagat a l'altra banda del pati, darrere d'un arbre, corre cap a vosaltres. És un dels jardiners.

El mort vivent se us acosta, però, com que no té prou força per enfilar-se pel baixant, comença a estirar-lo per intentar separar-lo de la paret. Serres les dents i redobles els esforços per arribar ràpidament al tercer pis. Per desgràcia, el jardiner aconsegueix desenganxar parcialment el baixant i comença a donar-hi cops per fer-vos caure. Tot i que perdeu estabilitat, conserveu tota la vostra determinació i aconseguiu arribar a la finestra del tercer pis. La Carla clava un fort cop de colze al vidre i el trenca. Després, pica amb totes les seves forces la fusta del darrere i la fa caure. Aleshores aprofiteu la petita obertura per esmunyir-vos a l'interior i deixeu el zombi amb els fragments del baixant, que ha acabat destrossant, entre les mans.

Els passadissos es presenten tranquils, foscos i buits. Si el personal s'ha tancat, ho ha fet amb una gran discreció. Després de tot el que heu viscut, saps molt bé que darrere la calma s'hi pot amagar un monstre encara més gran, així que estàs alerta. Deambuleu per l'edifici, mentre tu intentes recordar on es troben els micròfons que connecten amb els altaveus de la ciutat. Pel camí trobeu dos o tres cadàvers que semblen morts de veritat —no convertits en zombis—; de tota manera, això no et tranquil·litza gens.

De sobte, un soroll a l'altra banda d'una porta trenca el silenci. Sense dubtar, fas girar el pom: és l'alcalde! Abillat amb la banda tricolor, agita els braços d'una banda a l'altra mentre parla tot sol. Per un moment, et planteges que potser ha perdut el seny, però de seguida descartes aquesta idea. Necessites l'alcalde per posar en pràctica el pla; almenys, ell sí que podrà ajudar-vos.

Nerviós, comences a balbotejar:

—Senyor alcalde... Els zombis... El senyal... Se'ls ha de picar al cap... Sap com?

—Tranquil·litza't! —et recomana la Carla, i et posa la mà a l'espatlla per calmar-te.

Et calmes, respires fondo i exposes el pla a l'alcalde, que t'observa amb un posat desconfiat. També li comentes que heu descobert la manera de destruir els zombis. L'alcalde alça una cella abans de deixar anar una riallada eixordadora. Carai! Aquesta vegada és ben clar: s'ha tornat boig.

—Quina gràcia! —es burla—. Però ja he posat en marxa una estratègia molt millor. L'alcalde soc jo, noi —afegeix—. Tu no ets ningú per dir-me com haig de solucionar els problemes de la meva ciutat.

El to no és gaire amable, però la informació et tranquil·litza, i també la Carla, que deixa escapar un petit sospir d'alleujament. Tant de bo aquesta història s'acabi d'una vegada.

—D'aquí a uns minuts, tots estarem fora de perill —continua—. He manat que evacuïn tota la població humana de la ciutat i activaré una bomba química que eliminarà totes aquelles criatures demoníaques. No sobreviuran al gas; us ho podeu ben creure. Al cap d'uns dies, podrem tornar tots tranquil·lament.

—Però… —murmura la Carla, arrufant el front.

Tu has quedat bocabadat. Què és això de l'evacuació? Pel camí, heu vist i heu sentit com patien desenes d'éssers humans. I l'alcalde vol que et creguis aquestes ximpleries? Estàs indignat.

—Un moment… Sap quantes persones vives hi ha allà fora? Quan ha posat en marxa l'ordre d'evacuació?

—Fa dues hores. El temps suficient. Si no actuem…

—Però si nosaltres no ens n'hem assabentat! —protestes, mentre la Carla, tan furiosa com tu, nega amb el cap—. Hi ha molta gent que no ha sentit l'ordre o a qui ha agafat de sorpresa i no pot sortir de casa seva.

L'alcalde es torna a inquietar al seu seient.

—Aquesta epidèmia afectarà tots els pobles del voltant. Només és qüestió de dies. Segur que els veïns han trobat un lloc on puguin quedar-se fora de la ciutat, a casa de familiars o d'amics. Sí, si no actuo de seguida, això serà la fi de la humanitat. És evident. I…

—Però ha sentit el que li acabo de dir?

Davant el teu to d'incredulitat, l'alcalde alça el cap.

—Com pot llançar una bomba sobre els ciutadans que se suposa que ha de protegir? Què passarà amb els vius?

Per desgràcia, l'alcalde es limita a protestar.

—Para de ploriquejar, que m'estàs desconcentrant! —s'enfada, mentre obre la caixa forta.

Deu ser a la caixa, el detonador? Has d'actuar ràpidament. Podries provar de deixar-lo inconscient; així, li impediries actuar i podries seguir el teu pla. Has d'anar amb compte, però.

Fa anys que practiques karate, la qual cosa t'ha ensenyat a fer-te una idea precisa del potencial del teu adversari, que no sembla tan fàcil de derrotar. A més, estàs ferit i cansat des del punt de vista físic i mental. Vaja, que no estàs en les millors condicions. Potser t'estimes més intentar entabanar-lo. Si està tranquil, serà més fàcil immobilitzar-lo. Et toca decidir.

1) Intentes deixar inconscient l'alcalde.

– Al capdavall, tu ets campió de karate i ell no. O potser sí? Comprova-ho en la pàgina a 149.

2) Intentes entabanar l'alcalde.

– Posa a prova el teu talent diplomàtic en la pàgina 17.

UN FINAL SAGNANT

No cal que t'estiguis una hora reflexionant. La sang verda és la sang dels zombis, així que les botes brutes de sang verda han de ser les del zombi. És obvi.

Estires amb força la bota tacada sense deixar-te anar de la barana amb l'altra mà. Tampoc no és qüestió de caure amb el zombi. O potser amb la Carla?

Efectivament, és la teva amiga la que perd l'equilibri. T'has equivocat! Per sort, aconsegueixes subjectar-li el braç amb la mateixa mà amb què l'has fet entrebancar, però aguantar-vos tots dos és massa difícil. Has de suportar el pes de dos cossos i no resistiràs gaire.

Alces el cap en direcció al terrat i veus el rostre del zombi inclinat damunt vostre, burleta i amenaçador alhora. Et somriu amb crueltat. Llavors notes que et trepitja els dits amb què t'aferres a la barana. Udoles de dolor i et deixes anar.

I tots dos caieu al buit.

Ui...

Hauràs de tornar enrere, a la pàgina 146, o començar des del principi.

AL TERRAT

Si de veritat hi ha tan pocs amagatalls en aquesta planta, no t'hi penses quedar. Encara que aconseguíssiu arribar a la sala del quadre elèctric, no estàs del tot convençut de poder restablir el corrent; sobretot, si el tall ha estat originat pels maleïts zombis. Val més que proveu de pujar al terrat. Amb una mica de sort, evitareu trobades desagradables, ja que les portes exteriors estan tancades. Si esteu atrapats al centre comercial, no hi podrà entrar ningú més. De sobte, t'adones que encara no s'han abaixat les reixes de les botigues, per la qual cosa no pots saber si hi ha zombis, o si, per contra, no han tingut temps d'entrar en massa abans que es tanquessin les portes.

Et dirigeixes amb la Carla cap a les escales mecàniques, que estan aturades, evidentment. Sense perdre temps, comenceu a pujar els esglaons. El silenci sepulcral de l'immens centre comercial només es trenca amb el so dels vostres passos damunt els esglaons metàl·lics.

De cop i volta, apareix una figura que corre cap a vosaltres a tota velocitat. És un zombi! Per sort, aconseguiu esquivar-lo per poc. La Carla baixa molt de pressa, i tu, en un acte reflex, saltes per sobre de la barana i aterres a l'escala oposada. Caus damunt els esglaons amb estrèpit, però ràpidament et tornes a incorporar. El zombi es posa dempeus, en tota la seva immensitat, sobre la barana de separació; sembla que dubta entre tots dos. A qui devorarà?

La Carla i tu us mireu breument i, alhora, agafeu les vostres pistoles elèctriques i li envieu un seguit de descàrregues violentes a l'altura del maluc. El mort vivent, sorprès, cau rodolant per les escales i va a parar al pis de sota. No podeu perdre més temps. Pugeu els darrers esglaons, conscients que el zombi encara es pot alçar i, potser, atrapar-vos. Aquesta situació no et tranquil·litza precisament. Si us heu trobat amb un mort vivent, el més probable és que hi hagi més criatures deleroses de carn humana.

Finalment arribeu al pis de dalt i continueu endavant amb la màxima discreció possible, per si el vostre assaltant reprèn la recerca. Tot d'un plegat, se t'acut una idea.

—Carla, si no volem que el zombi ens segueixi el rastre per les escales mecàniques, per què no pugem per les escales de les botigues de dos pisos?

La Carla reflexiona en veu alta:

—Sí, és una bona idea. Això el pot despistar. En aquesta planta, però, només hi ha dues botigues així: la de cosmètica i el centre lúdic infantil.

Per on passareu?

1) Per la botiga de cosmètica.

– Creus que ara és un bon moment per maquillar-te com un zombi?
Bé, si t'hi entestes... Ves cap a la pàgina 189.

2) Pel centre lúdic.

– Ves cap a la pàgina 219.

CAP A VILAMORT

No et pots quedar tota la vida sol al mig del camp, així que decideixes anar caminant fins a la ciutat per avisar els serveis d'emergències. Si més no, així entraràs en calor. Per desgràcia, la carretera és molt sinuosa, està plena de sotracs i, per si no n'hi hagués prou, tot està molt fosc. La llum de la lluna a penes et guia. La cirereta del pastís és el fort mal de cap ocasionat pel cop que t'ha deixat inconscient, que no hi ha manera que desaparegui. A més, estàs totalment desorientat. Et fa l'efecte que serà una nit molt i molt llarga.

De tant en tant, t'enlluernen els llums dels cotxes en passar. Et costa fer-te veure, ja que sovint t'adones massa tard de la seva arribada o t'oblides d'alçar els braços. L'accident t'ha deixat força trasbalsat. T'has d'espavilar com més aviat millor.

Decideixes caminar per la carretera en comptes d'anar per la cuneta. D'aquesta manera, el següent cotxe que passi et veurà segur. Vols fer saber als teus pares que estàs bé, però també et vols assegurar que ho estan la Cassandra i el seu pare. Sumit en els teus pensaments, al principi no sents la remor del vehicle que s'acosta, però, per sort, t'acabes girant, il·luminat pels llums. Aleshores comences a saltar per tal que et vegi el conductor, que, per estrany que sembli, no s'ha adonat que ets al mig de la calçada i continua accelerant. És boig! No pares d'agitar els braços desesperadament, però el cotxe continua el seu trajecte frenètic. En el darrer moment, saltes al voral. Avui ja n'has tingut prou amb un accident. Per la seva part, el cotxe segueix el seu camí sense preocupar-se gens ni mica per tu. Deus haver topat amb un autèntic imbècil. És evident que avui no és el teu dia.

Res no sembla estar a favor teu en aquesta maleïda carretera, de manera que t'estimes més canviar de trajecte, encara que hagis de recular. El que sigui amb la condició de no tornar a trobar-te amb un boig al volant.

Penses en les teves possibilitats. Podries travessar el cementiri; des d'on ets, hi arribaries de seguida si hi vas corrent. Només t'hauries d'enfilar pel mur i ja series al teu barri. Malgrat tot, no et crida gaire l'atenció la idea de visitar el cementiri en plena nit. Potser t'estimes més dirigir-te a la urbanització, encara que el camí sigui una mica més llarg. Tu tries.

1) Corres cap al cementiri.

– No hi ha res millor que una petita cursa sota la llum de la lluna. Dirigeix-te a la pàgina 286.

2) Et dirigeixes a la urbanització.

– No és que sigui un lloc gaire segur, tampoc, però el cementiri encara és molt pitjor. Corre cap a la pàgina 186.

TAXI!

La possibilitat del cementiri no et fa gaire gràcia; sobretot, amb els zombis perseguint-te. A més, no estàs segur que l'asma t'hi deixi arribar abans que t'atrapin aquelles horribles criatures.

Val més que demanis ajuda; precisament, ara s'acosten cotxes. Amb compte de no apropar-te gaire als morts vivents, comences a fer senyals exagerats als conductors per deixar clara la teva desesperació. Per desgràcia, els cotxes no s'aturen; sens dubte, per por a la banda de criatures que t'empaita.

Els zombis se t'acosten tant d'un costat com de l'altre, i comences a perdre l'esperança. De sobte, com si es tractés d'un miracle, un cotxe frena a prop teu. No perds ni un segon i corres cap allà. Quan t'inclines per obrir la porta, però, el conductor veu els teus atacants i, espantat, accelera bruscament. De sobte, s'esvaeix la teva única oportunitat de salvar la vida.

Si no pots fugir, hauràs d'optar pel combat, així que et concentres per disposar-te a mostrar a aquelles fastigoses criatures que no haurien d'haver atacat un karateka del teu nivell.

Mentre examines els zombis un per un, t'enlluernen els potents llums d'un autobús. Perfecte! No caldrà que et baralllis. No sabies que els autobusos circulessin tan tard en una ciutat tan petita, però en aquest moment tant se te'n dona. Tens la parada molt a prop i el conductor de l'autobús, que sembla que t'ha vist —però no als zombis—, t'espera. Un darrer esforç i estaràs fora de perill.

T'asseus al fons de l'autobús. Estàs esgotat, però alleujat alhora. Quan el vehicle arrenca, veus la banda de zombis furiosos al mig de la carretera. Per estrany que sembli, i a pesar d'una nit de malson, somrius. No t'importa on et porti l'autobús. Ara et sents segur.

Un cop recuperes la calma, mires al teu voltant i observes cabelleres blanques que resplendeixen sota la llum de la lluna i ulls grocs que et miren fixament.

L'autobús està ple de morts vivents que et contemplen amb impaciència. Aleshores deixes escapar un crit de terror.

Estàs convençut que aquesta vegada no te'n sortiràs.

Ha arribat la teva hora.

Però, com que això és un llibre, pots retornar a la pàgina 228 o tornar a començar l'aventura. Oi que és molt pràctic?

EN BINOMI

Ara no és el millor moment per tornar a separar-vos. Val més que resteu junts i units. Així doncs, decidiu destruir la bomba en equip.

Camineu sigil·losament entremig de les tombes, per darrere de les làpides, i us dirigiu cap a la bomba d'aigua. Quan esteu a punt d'arribar-hi, alguna cosa t'estira cap enrere amb força. Un zombi us ha vist! Voles uns quants metres pels aires abans de caure amb un gran terrabastall a terra o, més ben dit, en un forat enorme. És una tomba oberta! T'han ficat en una tomba

Sense concedir-te ni un segon per poder aixecar-te, el zombi salta dins la tomba i cau just damunt teu. Aleshores t'agafa pel coll, disposat a mossegar-te. I, per acabar-ho d'adobar, l'asma comença a fer de les seves. Amb l'inici de la crisi, ets incapaç de defensar-te. Per sort, sempre pots comptar amb en Frank, que d'un salt es planta al vostre costat a la tomba i decapita el mort vivent amb un cop de matxet.

Totes aquestes emocions no contribueixen, precisament, a millorar la crisi. Busques l'inhalador desesperadament, però no aconsegueixes trobar-lo. Deu haver rodolat per terra quan has caigut a la tomba. Efectivament, en Frank el troba, però, així que s'ajup per collir-lo, de sobte, un peu trepitja l'aparell. És el peu de la Marie, que ha sentit l'escàndol de la baralla.

—Què hi fas, aquí, Frank? —pregunta amb un posat cansat.

—I què hi fas, tu, aquí? —diu en Frank—. De veritat ho has originat tu, tot això? No m'ho puc creure.

La Marie endureix el to.

—Em preguntes si ho he originat jo? Saps molt bé que no. L'alcalde en té la culpa. Ell ho ha començat.

—Però... sents el que dius? L'alcalde no és aquí. No és ell qui està tornant els morts a la vida, sinó tu! —esclata en Frank—. Com... com t'has pogut convertir en el monstre que ets ara?

—Només vull venjança, res més. Per què et poses de part dels humans, Frank? Ja no som com ells.

En Frank no ho suporta més. S'abraona sobre la seva germana i comença un combat acarnissat.

Tu, però, no et pots permetre el luxe d'esperar que en Frank derroti la seva nova enemiga, sinó que has de recuperar l'inhalador urgentment. Però com t'ho faràs per sortir de la tomba, justament ara que estàs sense forces? Respires lentament, proves de tranquil·litzar-te i, armant-te de coratge, vas pujant a poc a poc. Després de fer un gran esforç, ho aconsegueixes. Ja ets a dalt! Enhorabona! T'afanyes a recuperar l'inhalador i n'aspires el contingut. El producte actua ràpidament i sents com se t'obren els bronquis. Mai no se t'havia assentat tan bé.

Ara hauràs d'enfrontar-te amb tots dos, Marie.

Quan et reincorpores per avaluar la situació, t'adones que en Frank es troba en perill: la seva germana està envoltada d'esbirros que li donen un cop de mà en la batalla. No és un combat igualat, precisament. A més, el virus no para d'escampar-se i fa que cada vegada es despertin més morts, la qual cosa implica més adversaris per al teu amic.

És evident que l'hauries d'ajudar, però, alhora, ets just al costat de la bomba. No hauries d'aprofitar l'ocasió per destruir-la, abans que sigui massa tard?

1) **Ajudes en Frank.**
– **Corre cap a la pàgina 277.**

2) **La prioritat és destruir la bomba.**
– **Esperes que en Frank resisteixi una mica més. Estàs segur de la teva tria?** **Doncs ves cap a la pàgina 225.**

LA CRISI

Et palpes les butxaques de la caçadora, nerviós. On és? On és? Busques l'inhalador, però no el trobes. Et deu haver caigut en l'accident.

En Nour és conscient del que passa. S'inclina damunt teu, sense saber què fer, i plora cada vegada més fort. L'escàndol atreu els zombis, que se us acosten. Intentes tranquil·litzar-te, posar-te dempeus i fugir amb en Nour abans que sigui massa tard. És impossible, però. Esteu envoltats.

★ **Tot el que és bo s'acaba.**

Pots tornar a començar, però.

PEL SOSTRE

Et dirigeixes al baixant amb els nens. Ajudes a pujar els que tenen més dificultats i et col·loques el darrer del grup. Un cop a dalt, observes la claraboia. Forces el pany amb la catana, que s'esmussa lleugerament, i travesses el forat que condueix a l'interior. La teva petita colla d'admiradors et segueix. Us refugieu a la passarel·la, on només heu d'abaixar el cap per poder observar els adults.

La passarel·la es troba a una gran altura i és molt poc estable. Quin vertigen! Camineu a poc a poc en direcció a l'escala. De sobte, però, la passarel·la es comença a balancejar. Hi ha zombis pertot arreu; fins i tot la dona gran a la qual han mossegat fa una estona! No podeu defensar-vos ni atacar-los perquè la passarel·la es belluga moltíssim. Us estampaaríeu contra el terra. Comenceu a córrer per fugir d'ells, però acabeu acorralats en un extrem de la passarel·la.

A la teva esquerra, pengen uns cables que baixen cap al terra. Els podríeu utilitzar per baixar, com si fossin lianes. A la dreta, però, teniu una altra passarel·la. De pressa! Què decideixes?

1) T'aferres a un cable.

– Preparat? Serà divertit! Ves cap a la pàgina 243.

2) Saltes a l'altra passarel·la.

– Fes un saltiró fins a la pàgina 178.

PACIÈNCIA

El camió arrenca i fas un bot d'alegria. Per fi! Ara bé, encara no us heu sortit amb la vostra. L'altre camió de bombers us barra el pas i els zombis s'abalancen sobre el vostre vehicle. La senyora Besset fa marxa enrere bruscament i xoca primer contra el mur, després contra el camió dels zombis i un altre cop contra la paret. En Nour i tu us agafeu bé per no caure del vehicle, ja que això suposaria una mort segura. I si resulta que pilota millor els avions que els cotxes? En el fons, t'alegres d'haver triat aquesta opció. Així, si us estavelleu, no serà des d'una gran altura. I almenys ha aconseguit desempallegar-se dels zombis que pretenien entrar al cotxe sense haver estat convidats.

Aviat arribeu a la carretera que connecta amb el centre de la ciutat. El vehicle dels zombis us persegueix i heu d'esquivar cotxes abandonats i altres obstacles. Quan estàs convençut que ho aconseguireu, apareixen al teu costat dos bombers zombis; segurament han pujat al vostre camió quan us tenien acorralats.

Agafes la catana per enfrontar-t'hi, però no ho tens gens fàcil; són com dos armaris gegants i no tens salsa picant. Els zombis t'obliguen a recular i estàs a punt de caure. Aleshores, una mica més endavant, al costat del carril dret de la carretera, entreveus un arbre de branques baixes.

—Posa't a la dreta! —crides a la senyora Besset, amb l'esperança que et senti.

El vehicle gira i t'ajups. La branca copeja de ple els zombis, que s'estampen contra el terra. Els zombis es tornen a alçar, però ara només són dues figures fosques a la llunyania.

Al cap d'uns minuts, arribeu al centre de la localitat, els carrers de la qual estan atapeïts de zombis a la recerca del seu pròxim àpat.

A petició de la senyora Besset, en Nour obre l'aixeta i ruixes els bombers zombis i la resta de la ciutat mentre la recorreu amb el camió. Pertot arreu aneu deixant una reguera de color taronja. Funciona! Els zombis s'estan transformant en humans!

Surt el sol a Vilamort. Ho heu aconseguit. La senyora Besset, en Nour i tu us foneu en una abraçada i no podeu parar de riure.

—Au, vinga! —diu la senyora Besset—. Ara hem d'anar a buscar els vostres pares.

Ho has aconseguit!

ZOMBIS EN EXISTÈNCIES

Tenint en compte els grunyits sords i els passos apressats que se senten darrere vostre, és evident que no tindreu temps d'arribar a l'escala de l'aparcament abans que apareguin els zombis. De sobte, et fixes en una caixa enorme situada a uns quants metres, i, amb l'ajuda de la Carla, l'arrossegues tan de pressa com pots en direcció a la porta. És més difícil del que et pensaves: la caixa pesa moltíssim. Almenys estàs segur que la porta quedarà ben bloquejada.

La Carla s'incorpora i s'allunya en direcció a l'aparcament. Tu, per la teva part, així que et poses dempeus, t'adones que alguna cosa es belluga a l'interior de la caixa que heu desplaçat. T'inclines lleugerament per observar-la. Tot d'un plegat, en sorgeixen un parell de mans que comencen a escanyar-te. És un zombi! Lluites sense èxit. Per sort, pots comptar amb la Carla, que pega molt fort al zombi amb el bat de beisbol i el fa caure a terra, inconscient.

Caram! Quin mal! Tusses i et prens uns segons per agafar aire. Això no millorarà precisament la teva asma…

—Quina sort que he tingut de coneixe't!

—Ja me'n donaràs les gràcies quan sortim vius d'aquí. Au, vinga, que no ens podem entretenir.

Quan us gireu, però, sou testimonis d'un espectacle d'allò més tètric. Més zombis surten del seu niu: de les prestatgeries, dels palets, i fins i tot dels matalassos apilats, encara embolicats amb plàstic, en els quals dormien tranquil·lament. Els morts vivents, mig adormits, deuen ser més d'una trentena i us observen bavejant. Com que no et vols convertir en el seu esmorzar, val més que fugis. Malgrat tot, de seguida t'adones que no podreu arribar a la sortida a temps. Examines el panorama a la recerca d'alguna cosa, el que sigui, que et pugui servir d'ajuda.

Aleshores et fixes en un muntacàrregues manual i en el palet on s'amunteguen uns quants sacs de ciment industrial molt pesants. Sense pensar-t'ho dues vegades, agafes una fletxa i apuntes a la corda que subjecta el palet. Dispares... Sí! Ho has aconseguit! El palet es deixa anar i els sacs de ciment cauen a plom sobre uns quants zombis, que queden esclafats sota el pes. Alguns sacs es trenquen a causa del cop i vessen el ciment. Tot seguit s'aixeca una polseguera molt densa que, en arribar a l'altura dels zombis, els impedeix de veure-hi i continuar. La Carla i tu ho aprofiteu per fugir. Els pocs zombis que s'han salvat us empaiten, però finalment aconseguiu escapar-vos de les seves urpes. Baixeu les escales corrent i arribeu a l'aparcament. Bloquegeu la porta amb l'ajuda d'un palet.

Hi ha diversos furgons aparcats, però l'estança sembla deserta, tot i que és difícil estar-ne segur i poder veure alguna cosa, ni tan sols amb les llanternes, perquè tot està completament fosc, sense cap font de llum. Avanceu amb precaució, movent d'una banda a l'altra les llanternes per il·luminar el camí i trobar la sortida.

De sobte, sentiu un soroll de passos darrere vostre i us gireu, apuntant amb les llanternes en direcció al so. Aleshores distingiu una silueta difusa que corre a tota velocitat cap a vosaltres. Una mena d'ombra passa gairebé fregant-vos, però desapareix de seguida, sense fer soroll.

Què era allò? Anava massa de pressa per ser un zombi, oi? Potser només era un gat. Apuntes amb la llanterna a la Carla per veure-li la cara; està tan pàl·lida com tu, probablement. Si pretenies tranquil·litzar-te, no ho has aconseguit pas.

Pràcticament no hi veus gens i no hi ha manera que trobis la sortida. Si seguiu pel mateix camí, correu el risc de tornar a trobar-vos amb la criatura, però, si aneu en sentit contrari, potser en trobareu altres. Què penseu fer?

1) **Anar en direcció a l'ombra.**

– **On hi ha ombra, també hi ha llum, oi? Comprova-ho en la pàgina 44.**

2) **Donar l'esquena a l'ombra i tornar per on heu vingut.**

– **Com que no et deixaràs impressionar per una monada de gatet, ves cap a la pàgina 278.**

ELS MÉS NOMBROSOS

La Carla t'interroga amb la mirada. Ets l'únic que pot prendre una decisió tan difícil. El teu sentit de la moralitat s'inclina a favor dels supervivents de la fàbrica. Val més intentar salvar els més nombrosos, oi?

Amb llàgrimes als ulls, demanes a la teva aliada que no es desviï del pla inicial. La Carla arrenca el vehicle i crida els refugiats pel micròfon de l'autobús. Tots dos els demaneu que surtin i pugin a l'autobús.

Els supervivents, però, s'hi neguen, conscients del risc que els matin els zombis que s'acosten. A la fàbrica, almenys se senten segurs.

Ara bé, tu has vist els zombis en acció i saps que aquesta gent no està, ni de bon tros, fora de perill; com a mínim, no pas durant gaire temps. Hi insisteixes, desesperat. I aleshores veus la teva mare a l'altra banda de les finestres; ella també t'ha vist. Observes que es dirigeix als seus companys amb una mirada de súplica i dedueixes que els està demanant que et deixin entrar.

De sobte, deixes de veure el rostre de la teva mare, com si s'hagués deixat caure a terra. És evident que ha rebut un no categòric com a resposta. La Carla s'inquieta i posa la primera per copejar la porta amb el para-xocs. Està decidida a salvar-los tant sí com no. Per desgràcia, la teva amiga no fa prou pressió i la porta es nega a cedir.

—Recula! —crides, dcsesperat.

La Carla assenteix i posa la marxa enrere per prendre embranzida. Amb tot, estàveu tan concentrats que no us heu adonat que els zombis se us han tirat a sobre. Mentre la teva amiga es disposa a tornar a arrencar, un dels morts vivents clava un fort cop de destral a la porta de l'autobús. Sorpresos, resteu immòbils al vostre lloc, incapaços de reaccionar. De cop i volta, un segon cop trenca el vidre i el fa miques.

Els zombis no necessiten gaire més per accedir a l'interior del vehicle. Són molt nombrosos i no podeu fer res contra ells.

⚠ **Es veu que l'infern està ple de bones intencions.**

Si vols, ho pots intentar de nou tornant al principi de la història o retornant a la pàgina 167.

LA DONA DE LA CICATRIU

No tens temps d'anar a buscar l'arma, però tant és. Cridant, saltes al damunt de la dona de la cicatriu, que perd l'equilibri per un moment. En sentir la teva veu, el teu pare es gira i, junts, aconseguiu immobilitzar-la i deixar-la inconscient.

Els zombis, que han perdut el seu capitost, estan desorientats i els seus atacs són poc precisos i desordenats. A poc a poc, els humans prenen la iniciativa i els acaben derrotant, després d'una batalla terriblement llarga.

Esteu fora de perill!

Aleshores veus la teva mare i corres a abraçar-la.

Les famílies es retroben i els amics es fan llargues abraçades, però l'alegria no dura gaire. Ara heu de fugir de la ciutat, i ben de pressa. Entre tots, tireu a terra la porta de la fàbrica amb l'ajut d'una canonada de ferro, que feu servir d'ariet. Tot seguit, guies els teus pares i amics a través dels camps.

★ **Enhorabona!**

Has salvat els teus amics!

NOVES REVELACIONS

Per més zombi que sigui, aquest home és el teu entrenador: el que sempre ha cregut en tu; el que va descobrir el teu potencial quan eres molt petit; el que t'ha animat, t'ha encoratjat i t'ha promès que faria de tu tot un campió de karate; el que t'ha fet comprendre que l'asma no et limita, que tens les mateixes capacitats que els altres.

No, no el pots matar; així doncs, llances l'espasa tan lluny com pots. En canvi, ell no sembla que pateixi cap dilema ètic. Mentre tu deixes anar l'arma, incapaç d'executar el cop fatal, l'Ajub obre i tanca la boca i te l'acosta perillosament a la cara.

Quan pràcticament estàs convençut que ha arribat la teva hora, una llampada argentada es llança sobre el teu rival. Un cop més, en Frank ha vingut a ajudar-te. Una veu interior et diu que t'ha permès intentar dominar la situació mentre lluitaves per contenir el zombi, però que ha estat incapaç de deixar que el mort vivent et mossegués, igual que tu has estat incapaç d'assassinar el teu *sensei*.

Durant uns segons, contemples, commogut, el teu entrenador. Ni tan sols et pots aferrar a la mà d'en Frank, que et vol ajudar a posar-te dempeus. El teu amic es veu obligat a fer-te reaccionar.

—Afanya't, Elijah! Tenim poc temps.

El cap de l'Ajub separat del seu coll… La sang verda que enfosqueix les estores de tiges d'arròs… No estaves preparat per a una escena com aquesta, i tampoc no ho vols estar. En Frank té raó. Heu de fugir.

*

Continueu el vostre periple en silenci. Sembla que en Frank comprèn que necessites un moment de solitud per encaixar-ho. Procureu evitar les zones residencials per no trobar-vos amb alguna sorpresa desagradable. Després de vorejar una part del bosc, decidiu aventurar-vos a l'altra banda, ja que una de les sortides del clavegueram va a parar al riu. En Frank prefereix prendre aquest camí en comptes de córrer riscos.

Avanceu a través del fullatge espès, i al cap d'una estona arribeu a la vostra destinació. Aleshores en Frank s'atura un instant, immers en els seus pensaments. Segueixes la direcció de la seva mirada i et fixes en dos clots que tenen la mida de dos cossos; semblen dues velles tombes obertes. El seu gest és amarg. Plora? És difícil d'afirmar-ho enmig de la foscor, però et fa l'efecte que sí.

No tens temps de preguntar-li res, ja que, de sobte, apareix un grup de zombis. Eren al bosc, ja? O us han seguit des del gimnàs?

En Frank reacciona de seguida i passa a l'acció. Per la teva part, tu et col·loques la màscara de protecció d'esgrima i empunyes el *nunchaku*, decidit a enfrontar-t'hi.

Només són tres o quatre zombis, i no semblen gran cosa. Malgrat tot, decideixes demostrar tots els teus dots en el combat i no et costa gens deixar inconscients la major part d'ells, mentre que en Frank agafa el relleu per rematar-los amb el matxet. En un tres i no res, elimineu tota la banda. Uf! Ha estat un combat èpic!

T'alces la màscara per felicitar el teu aliat i observes que es frega el coll, tacat de sang verda. Quin horror! L'han mossegat! D'un moment a l'altre, començarà a transformar-se.

Què penses fer? Tornes a pensar en el teu entrenador i augmenta la teva inquietud. Hauràs de matar en Frank?

Malgrat tot, no passa res, i en Frank sembla més empipat que no pas malalt. No entens res. Estàs segur que l'han mossegat. Mai no has vist un zombi transformar-se, però és evident que ha de passar alguna cosa. Per què no has vist res, encara? Davant la teva expressió de desconcert, en Frank es veu obligat a explicar-se.

—Veus aquelles tombes plenes de males herbes? —et pregunta, tot assenyalant amb el dit els clots que observava fa una estona.

—Doncs n'hi ha una que és la meva.

Ah! Això ho explica tot.

La veritat és que no. Com? La seva tomba? Què vol dir això que n'hi ha una que és seva? Restes en silenci, mig angoixat i mig empipat. En Frank t'ha mentit des del començament. Els cabells blancs… Amb un sospir, es treu les ulleres de sol. També té els ulls grocs. La sang del coll… Deu ser seva?

—Ara ja ho saps. Soc un mort vivent. No em poden tornar a contagiar.

—Però com és possible?

—Ara ja pots entendre per què no em vaig voler acostar a la teva ferida —fa broma—. Em costa reprimir-me.

Això és molt seriós i no et resulta gens tranquil·litzador. Fas un pas enrere i tornes a examinar les tombes.

De qui deu ser la segona? En Frank continua l'explicació sense respondre la teva pregunta.

—Investigava per al diari local sobre els experiments científics. Ja m'entens, sobre les restes extraterrestres de què ja t'he parlat. Vaig descobrir que les investigacions no eren del tot legals, però l'alcalde de Vilamort les encobria per poder accedir-hi també. En aquesta tomba em van matar i em van enterrar. I ho va fer l'alcalde.

Quina gran notícia! Tens moltes preguntes.

—Però com et vas convertir en zombi? —preguntes, intentant mantenir la calma.

En Frank assenyala el riu que voreja les tombes.

—El riu passa pel laboratori científic. El van contaminar durant els experiments, cosa que, és clar, l'alcalde no s'esperava. Vaig tornar a la vida la mateixa nit de la meva mort.

—Però aleshores és possible que l'origen del virus sigui simplement el riu —comentes.

—No —et corregeix en Frank—. El riu no passa per la ciutat ni tampoc pel cementiri. És impossible. Han escampat el virus de manera voluntària i estic segur que el trobarem a la depuradora. Elijah, has de confiar en mi. Et juro que les meves intencions són bones. Si no te n'he dit res abans, és perquè no et volia espantar, res més.

Tens dubtes, però te'l vols creure. A més, si t'ha salvat i està disposat a matar tots els zombis que suposen una amenaça, deu ser perquè veritablement desitja salvar la ciutat, oi? També t'ha mentit, però. Quant de temps es podrà controlar? Podrà reprimir els desitjos de devorar-te? No tens clar si pots córrer el risc.

1) **Continues amb en Frank costi el que costi.**
Saps que no hauries de confiar-hi, però no tens cap motiu per dubtar de les seves intencions.
Continua l'aventura amb ell en la pàgina **236**.

2) **És massa perillós i decideixes fugir.**
– **En Frank sembla un bon noi, però no hi pots confiar.** **Val més que vagis cap a la pàgina 209.**

JA ERA HORA!

Amb una mica de sort, si li tornes la mà, el zombi et deixarà tranquil. De tota manera, no podries suportar el fet de passejar-te amb una grapa sagnant al damunt. A més, la mà no fa altra cosa que grimpar entre el clatell i l'espatlla, i no és gens agradable. La veritat és que faria força gràcia si no fos una mà pudent de zombi. Tampoc no pots evitar de pensar que potser et va deixant cucs per tota la roba.

Reprimint les nàusees, l'agafes i l'estires amb totes les teves forces, però, tot i no tenir cos, és força tossuda. Continua enganxada al teu braç amb tanta força que gairebé et fa mal, com un animal que s'aferra amb les dents a la seva presa per no deixar-la escapar.

Mentrestant, el zombi es va acostant. Potser val més que arrenquis a córrer. La mà, però, no t'ho permet. Se t'enfila pel braç fins a l'espatlla, t'agafa pel coll i te'l va estrenyent lentament. Ella sap que tot vol el seu temps, i tu, que gairebé no en tens. Just abans de perdre el coneixement, veus que el zombi s'inclina damunt teu.

I tu que pensaves tornar-li la mà...

En realitat, els zombis són molt desagraïts. Pots tornar a la pàgina 286 o provar una altra història.

AMB LA DESTRAL

T'acostes a la porta i copeges el pany amb totes les teves forces. Els cops repetits ressonen per la fàbrica i armen un enrenou del diable. A l'interior, es fa el silenci. La gent està esglaiada. La porta s'acaba obrint davant els policies, que t'apunten amb les seves armes. Un d'ells, espantat en veure la teva roba tacada de sang verda, entra en pànic sense ni tan sols mirar-te a la cara.

I dispara.

⚠ Et fa mal?

Doncs torna a la pàgina 223 o comença l'aventura de nou.

D'AMAGAT

Entre els zombis del riu i els esquelets de les catacumbes, no et trobes precisament en un entorn acollidor, així que no hi ha dubte que la depuradora serà alguna cosa molt semblant; sobretot, si és veritat que és la zona zero de l'epidèmia. Val més que aneu armats.

En Frank accepta la teva opinió, però es mostra una mica decebut. Havia portat expressament la placa falsa de policia. Estàs convençut que li hauria encantat fregar-los la placa pels nassos, als guàrdies, però no heu vingut aquí per fer teatre.

Alceu la trapa i accediu al centre d'aigües residuals. Totes les andròmines que porteu a sobre no us faciliten precisament la tasca, ja que l'entrada és força estreta, però aconseguiu arribar sense problemes a la sala de màquines. No hi veieu guàrdies ni zombis. Fantàstic! El pas següent és trobar el dipòsit que escampa el virus.

Després de donar un cop d'ull al passadís, sortiu en silenci del vostre amagatall i camineu, arrambats a la paret, en direcció a la primera sala de dipòsits. Allà trobeu un panorama impressionant. Els dipòsits són immensos i estan proveïts de llargues passarel·les que accedeixen a petites plataformes on hi ha instal·lats els dispositius de detecció d'impureses. Us dirigiu al més proper. Travessar la passarel·la no és precisament agradable; no pots evitar mirar cap avall, on les aigües profundes descendeixen fins a una impressionant bomba de depuració d'aigües residuals. Val més evitar fer una capbussada.

Alces els ulls i els claves en en Frank, que es troba en plena acció. Amb el dispositiu, comprova la puresa de l'aigua: està neta. És obvi que no és el dipòsit correcte.

Continueu en direcció al tanc següent i el teu amic es comença a impacientar. I si no sou a la sala correcta? Hi ha moltíssims dipòsits i tardaríeu una eternitat a comprovar-los tots. Apresseu el pas i comenceu a encadenar una anàlisi darrere l'altra, sempre en va. En Frank es desespera definitivament.

—No ho fem bé. Ocupa't d'aquest dipòsit, que jo tornaré a la sala de màquines. Hem de complir el nostre pla.

Un cop ha dit aquestes paraules, en Frank toca el dos, sense deixar-te temps per respondre.

Hauràs de ser el doble de prudent, tot sol. De sobte, sents un soroll metàl·lic darrere teu i et gires, nerviós. Un zombi t'està seguint! És impossible escapar-se i no tens cap intenció de saltar a l'aigua.

Has fet bé de portar l'arma; aferres el teu *nunchaku*, disposat a lluitar. El zombi s'abalança sobre teu i t'obliga a recular per l'estreta passarel·la. Et sents com un equilibrista. Estaries més còmode a terra; ara no és un bon moment per caure. Aconsegueixes clavar uns quants cops al mort vivent, que no fan altra cosa que posar-lo més nerviós encara.

S'obre la porta i entra un agent de seguretat, alertat pel xivarri. Convençut que et baralles amb un company seu, es llança damunt vostre per prendre part en la batalla. Magnífic! Ara hauràs de lluitar alhora contra un zombi i un humà, i, a més, a dalt d'una passarel·la.

El zombi, feliç d'haver trobat una nova presa, s'abalança sobre el guàrdia, que, per sort, aconsegueix esquivar-lo. De sobte, quan el guàrdia veu el rostre del seu agressor, deixa anar un crit de terror. El zombi li clava un cop a la cara i el fa caure a terra. El devorarà! En un acte reflex per sobreviure, l'home s'alça d'un bot i es disposa a aturar el següent atac.

Tu comences a dibuixar cercles amb l'arma per damunt del teu cap per prendre embranzida i eliminar el zombi. Merda! L'ha esquivat..., i has abatut el guàrdia, que cau a terra desmaiat. Aleshores, el zombi, encorbat, carrega contra tu com un brau. El cop de cap que et clava al ventre et talla la respiració; només la tanca de seguretat impedeix que caiguis daltabaix. Malgrat tot, la teva arma surt disparada i acaba al dipòsit. T'aferres a la barana i alces les dues cames per copejar amb totes les teves forces el tors del zombi, que surt volant i acaba fent companyia al teu *nunchaku* al fons del tanc.

Quantes emocions! Contemples el guàrdia inconscient. Deu estar a punt de despertar-se, de manera que val més que fugis. En aquest mateix moment, en Frank retorna de la seva breu aventura amb un posat burlaner:

—No t'imagines pas el que m'ha passat. He liquidat tres zombis a la sala de màquines. Quina carnisseria! L'inconvenient és que un d'ells m'ha trencat el matxet. Quina llàstima! Que m'he perdut res? —et pregunta com una mera formalitat.

No val la pena de respondre-li. Es riuria de tu..., a costa teva, però en Frank sap quines són les prioritats.

—He analitzat el pla, i el dipòsit que busquem està situat a l'altra sala. N'estic segur. Comunica amb el sistema de reg del cementiri. Anem per bon camí.

Perfecte! Finalment podeu dirigir-vos-hi. Malgrat tot, l'accident amb el guàrdia t'inquieta força; sobretot, perquè ara tots dos esteu desarmats i no us podreu moure lliurement, sinó que haureu de ser molt discrets.

Us trobeu al costat d'una densa xarxa de canalitzacions gràcies a les quals podríeu avançar mig ocults. Només hauríeu de desplaçar-vos a poc a poc entre les canonades. Malgrat tot, quan hi has entrat, t'has fixat en un conducte de ventilació. Us hi podríeu enfilar i accedir a la sala contigua arrossegant-vos. Què t'estimes més?

1) **De manera furtiva: entre les canonades.**

– **Avança entre les canonades fins a la pàgina 251.**

2) **El conducte de ventilació.**

– **És el camí que sempre trien en les pel·lícules. Deu ser per alguna cosa. Corre cap a la pàgina 245.**

LES CATACUMBES

T'endinses en una estança completament fosca. Avances amb cautela, aturant-te sovint per assegurar-te que en Nour et segueix.

Fregues sense voler un objecte llis, el reculls i, a cegues, el palpes per intentar esbrinar de què es tracta. En reconeixes la forma: arrodonida, amb aspreses. És un crani!

Fas un crit de terror i el deixes caure a terra amb un gran terrabastall.

—Què és això?

Els ulls se't van acostumant a la poca llum i ja identifiques formes i un ampli passadís envoltat de prestatgeries de pedra. Quan t'acostes a la paret, distingeixes ossos i calaveres alineats a les lleixes rocoses.

Sou en unes catacumbes.

Una esgarrifança et recorre l'esquena. Sense dir res a en Nour, continues caminant.

Darrere teu sents un soroll cada vegada més fort, un grunyit creixent, de manera que acceleres per sortir d'aquí com més aviat millor. De sobte, veus llum al final del passadís, però el soroll cada cop és més intens. Amb l'ai al cor, et gires. Al teu darrere, els ossos que eren a terra van adquirint forma d'esquelets i avancen cap a vosaltres.

I si són esquelets de zombis?

Et fixes en un feix de llum procedent d'una reixeta del clavegueram. És molt bonic, gairebé poètic, enmig d'aquest entorn ombriu i tètric. No et pots entretenir a contemplar-lo, però. De fet, no et serviria de res.

O potser sí? Un dels esquelets que us persegueixen, en passar just per sota d'un raig de lluna, es desintegra en un núvol de pols. Si són vulnerables a la llum, potser teniu alguna esperança de fugir d'ells i d'aconseguir sortir a l'exterior. De tota manera, el passadís és molt llarg i no saps si seràs prou ràpid, ni si en Nour et podrà seguir. L'altra opció és intentar atacar-los. Mentre es recomponen, podreu disposar d'un temps molt valuós. Què tries?

1) **Els ataques: corre cap a la pàgina 257!**
– **T'hi espera la sortida!**

2) **Arrenques a córrer: no, ves cap a la pàgina 207.**
– **És per aquí!**

L'ARXIU

La violenta baralla de l'*skatepark* t'ha deixat esgotat i no estàs segur de sortir victoriós d'un nou combat. Restes immòbil durant uns segons abans d'entrar a la sala de l'arxiu. Tot seguit, empenys amb decisió la porta, que tanques de seguida, un cop ets a dins. Després de passar el forrellat, immobilitzes el pom amb una cadira per garantir la teva tranquil·litat. Esperes una estona, però no sents cap soroll. Que s'ha rendit, el zombi? Doncs no, perquè de sobte sents que toca el dos precipitadament. Al capdavall, potser només era un humà que s'havia amagat. Has fet bé de no atacar-lo.

Et dirigeixes a les prestatgeries ràpidament. Repassant any per any, acabes trobant un fitxer amb totes les investigacions d'en Frank Stein. Bingo!

Busques la més recent, la que, si t'ha dit la veritat, va ser la causa de la seva mort. I, efectivament, trobes allò de què et va parlar: els estudis dels doctors Moreau sobre una presència extraterrestre.

Moreau? Aquest és el cognom de la teva millor amiga, la Nora. Doncs si es tracta de l'Anton i la Frédérique, resulta que els seus pares no són tan recomanables com et pensaves, tot i que sempre han estat «amables» amb tu.

Continues la lectura. Si s'ha de jutjar per la investigació, l'alcalde ha encobert bé els científics, les pràctiques dels quals gairebé es podrien considerar tortura. Això cada cop és més interessant.

En els apunts, en Frank esmenta la seva companya, que porta la iniciativa en la investigació. Qui deu ser? Recordes la segona tomba del bosc, situada al costat de la d'en Frank. Devien matar l'altra periodista, també? El teu amic semblava trasbalsat en contemplar les sepultures. Al principi, et pensaves que estava recordant la seva pròpia mort, però potser pensava en la seva col·lega.

Acabes trobant un nom en les llibretes d'en Frank: Marie Stein. El mateix cognom d'en Frank! Descobreixes que es tracta de la seva germana. I, efectivament, devia morir la mateixa nit que el seu germà. Sí que és trist, sí!

Aleshores, de sobte, t'adones que ha estat ella. Ella és qui ha escampat el virus per destruir la ciutat i venjar-se de l'alcalde per haver-la matat. Per això en Frank no t'ha volgut revelar la seva identitat, per protegir-la. I ho entens, però l'has d'aturar; has d'impedir que triomfi el mal.

—Haig de trobar la Marie Stein —dius en veu alta, sense adonar-te'n.

—Doncs vas per bon camí —respon una veu a la teva esquena.

Et gires. És en Frank! Abstret en la investigació, no t'has adonat de la seva presència. Et deu haver seguit?

—De què et serveix trobar la Marie, si no saps on és el virus? —comenta en Frank en un to eixut.

No li fa gens de gràcia que hagis furgat en el seu passat. La veritat és que sembla decebut, com si se sentís traït.

—Hauries d'haver confiat en mi i m'hauries d'haver seguit.

—És broma, oi? —respons, enfadat—. L'única cosa que has

fet ha estat mentir-me des del començament. Necessito saber la veritat. Que no era el que buscaves tu, quan eres humà?

En Frank resta en silenci, però saps que bull d'ira per dins.

Aleshores el teu amic es fixa en la nova ferida que llueixes a la mandíbula i, de sobte, li canvia la mirada. Ja no se'l veu tan enfadat, sinó simplement afamat. En Frank intenta controlar-se i respira lentament, però el seu estat d'ànim no el deu ajudar gens i no estàs segur que es pugui reprimir durant gaire temps.

En Frank no pot més i es llança damunt teu. Tu aconsegueixes aturar els seus atacs empenyent-lo contra la paret. En Frank acaba caient d'esquena, però es posa dempeus de seguida, disposat a atacar-te de nou. Per sort, ets més ràpid. Ets el primer a reaccionar i l'acorrales contra la paret, tot impedint-li de moure's. Després, amb un cop de colze al braç, aconsegueixes desarmar-lo i arrabassar-li el matxet. Magnífic! Has aconseguit sotmetre el teu amic. Però... durant quant de temps? Tremolant d'ira, sembla que només desitja una cosa: devorar-te. L'hauràs de matar?

✔ 1) Sacrifiques en Frank.

- Si no estiguessis tan furiós, se't trencaria el cor. Comprova'n el resultat en la pàgina 20!

✖ 2) Li perdones la vida.

- En les pel·lícules de terror, la compassió és molt perillosa. Estàs disposat a arriscar la teva vida en la pàgina 14?

A L'ESTADI MUNICIPAL

Un exèrcit de zombis? És una dada que no et diu res. Quina intenció tenen? Portaran a terme un atac en massa? No te'n pots desentendre; sobretot, ara que saps que hi ha possibilitats de destruir-los.

Expliques a en Nour que haureu de ser molt valents. Tot seguit, passes la mà per una de les ferides del zombi carbonitzat, que no paren de supurar, i t'empastifes la cara amb sang verda, com un aventurer de camuflatge. Per seguir l'exèrcit sense que s'adonin de la vostra presència, haureu de ser més zombis que els mateixos zombis. En Nour apunta un gest de disgust, però es resigna a maquillar-se a continuació. Ja esteu a punt per colar-vos entre els morts vivents. Estires en Nour, tot fent el pallasso per desdramatitzar..., i perquè tu també estàs mort de por.

Potser t'has excedit una mica. La veritat és que no cal alçar els braços com fan en les pel·lícules. Malgrat tot, sembla que els zombis no s'adonen de res i us accepten al grup sense badar boca.

Així doncs, seguiu la multitud amb passos curts. Sembla que us dirigiu a l'estadi municipal. Però... què hi pensen fer, allà? Accediu a l'estadi, ple a vessar. Les grades estan atapeïdes de zombis, igual que la gespa, on s'ha instal·lat una tarima. Els morts vivents estan entusiasmats, com si assistissin a un gran esdeveniment esportiu. Quina imatge més estranya! Els observes. Alguns mengen frankfurts farcits de braços humans en comptes de salsitxes. Nyam! D'altres, asseguts a les grades, piquen de peus a terra fent molt de xivarri, impacients per veure arribar el seu ídol.

—Marie, Marie! —entonen a l'uníson.

Observes els zombis que omplen la gespa de gom a gom, on també hi ha la paradeta de frankfurts. Just al costat observes una gàbia amb uns quants humans tancats, tot esperant passar per la graella. T'has d'afanyar! Mentre recorres l'estadi amb la mirada a la recerca d'una solució, en Nour t'estira per la màniga.

—Xssst! —xiuxiueges, distret.

No és un bon moment per cridar l'atenció, però en Nour insisteix un altre cop. Empipat, arrufes el front i et gires cap al noi.

—Nour, t'he dit que…

No tens temps d'acabar la frase. Just darrere teu, un zombi us observa fixament. Els seus orificis nasals, com dos forats negres, inspiren profundament. Us ha descobert.

Ai, l'aroma de carn petarrellejant!

És clar que les tàctiques de dissimulació només li surten bé a en Schwarzenegger.

Però pots tornar a la pàgina 35.

VAS A BUSCAR ELS TEUS PARES

Passa una estona llarga, però a la fi aconsegueixes arribar a casa teva. Estàs esgotat.

El panorama que t'espera, però, et trenca el cor. La casa està destrossada. Trobes un zombi que jeu a terra immòbil, amb claus clavats al crani. Aleshores tems per la vida dels teus pares.

De sobte, observes senyals de lluita i petjades de sabates tacades de sang zombi que s'endinsen a la urbanització. I si són dels teus pares?

Corre! Comprova on et porten les petjades
en la pàgina 70.

EL CORDÓ POLICIAL

Et desvies al voral. Al final de la carretera, uns quants agents de policia bloquegen el pas amb els seus vehicles. L'espai per passar és molt estret, però podria funcionar.

Pitges l'accelerador i el velocímetre es torna boig: 50, 70... En Nour s'aferra al seient amb força.

Els policies us han vist i un cotxe es dirigeix cap a vosaltres per impedir-vos el pas. Dones un cop de volant i surts de la carretera. Com a conseqüència, el vehicle bolca i feu unes quantes voltes de campana. Et dones un cop molt fort al cap contra el parabrisa i perds el coneixement

⚠ **Doncs en els videojocs no fa tant de mal...**

Si vols, pots tornar a la pàgina 234.

DIVISIÓ PER A LA DESTRUCCIÓ

Dispersió: si en Frank porta a terme la seva tàctica de distracció, en un moment arribareu a la bomba i la podreu destruir amb total llibertat. O, almenys, ho heu planejat així, tot i que la realitat no és tan senzilla.

Quan en Frank es presenta davant la seva germana per enfrontar-s'hi, la Marie no sembla gens sorpresa i es burla d'una entrada que pretenia ser impactant.

—En bona hora! Feia estona que t'esperava, germanet. T'has perdut pel camí o què? —pregunta.

Si la Marie esperava l'arribada del seu germà, potser també s'imagina que porta reforços. Hauràs d'actuar amb discreció. Només ets a quatre passes de la bomba. Aviat podràs solucionar el problema. Per desgràcia, però, no hi ets a temps.

—Atura'l! —crida la Marie, assenyalant-te amb el dit.

T'ha vist! I des del començament!

—Us penseu que soc estúpida o què? —s'enfurisma, i es gira de nou cap al seu germà.

Dos zombis, lleials a la seva cap, corren cap a la bomba i es planten al teu costat. S'ha acabat tot. Se't menjaran. És evident. Malgrat tot, sembla que esperen alguna cosa; una ordre, potser.

Aleshores la Marie recupera el somriure.

—El noi serà l'esmorzar dels meus estimats zombis —diu a en Frank, que està confós—. Vols que te'n deixem un tros?

Amb tot, la Marie sembla que dubta respecte a en Frank.

Tot i que es veu que no té cap inconvenient a desfer-se de tu, la frena la idea de sacrificar el seu germà.

—No siguis imbècil, Frank —li diu una mica més tranquil·la—. No tens res a fer contra mi. La teva única opció és col·laborar amb mi. De veritat em vols fer creure que no t'has plantejat ni un sol cop venjar-te de l'alcalde? —argumenta.

En Frank dubta un moment abans de contestar:

—El cert és que sí, però el teu pla va més enllà de tot el que m'havia imaginat —declara en un to gairebé d'admiració.

És un caragirat!

Estàs horroritzat. En Frank canvia de bàndol com qui es canvia de mitjons. Et sents traït. Tot allò del combat, de la supervivència de Vilamort… És que ara no té importància, res d'això? O potser només està fingint? Amb tot, el to d'en Frank es fa més dur i sembla com si de veritat hagués decidit unir-se a la seva germana per destruir els humans de la ciutat. Elogiant el geni diabòlic de la Marie, el noi se t'acosta com si t'hagués de matar per demostrar la seva nova lleialtat. No t'ho pots creure. Tant d'esforç per a res?

A poques passes de tu, en Frank dirigeix la mà al matxet. T'ha arribat l'hora. El darrer amic que has fet t'enviarà al més enllà.

Per sort, en comptes d'atacar-te, en el darrer moment, en Frank et llança el matxet, que atrapes pel mànec així que surts de la teva estupefacció, i, en un tres i no res, et desempallegues dels dos zombis que t'envolten. Una bona jugada!

Aleshores en Frank i tu correu cap a la Marie, però s'ha afanyat a fugir. Els morts acabats de reanimar s'acosten, disposats a bloquejar-vos el pas per salvar la seva cap. Incapaços de perseguir la Marie, us veieu obligats a lluitar acarnissadament. Us les apanyeu per dirigir-vos cap a la bomba sense abandonar el combat i destruir-la com més aviat millor. I, a força de cops de matxet i de *nunchaku*, ho aconseguiu. Amb la bomba destruïda, l'aigua contaminada pel virus cau damunt l'herba, ben lluny de les tombes. Aplegueu forces i aconseguiu eliminar els últims zombis, però la Marie ja és molt lluny. Malgrat tot, aquest fet no desanima el seu germà.

—L'atraparem —afirma, furiós.

Li impedeixes d'avançar, però. Hi ha una altra cosa més urgent, encara.

—Hem de salvar la ciutat.

Ready? **Ves corrents cap a la pàgina 301.**

DANYS COL·LATERALS

T'estimes més seguir els consells d'en Billy. Acompanyes els nens en direcció a la marquesina i t'agenolles al seu costat, darrere el cotxe. Com que ets el més gran, intentes tranquil·litzar-los, ja que estan molt espantats.

—Nois, no us preocupeu. Ja heu vist que en Billy és molt fort. Es carregarà totes aquelles bèsties repugnants —dius amb un somriure tranquil·litzador.

En realitat, a tu també t'aniria molt bé que algú vingués a calmar-te. Un altre amic d'en Billy acaba de morir, i, tot seguit, una noia que ha rebut una mossegada al coll s'uneix a les files enemigues. Aquesta vegada no estàs segur de sortir-te'n. De sobte, un soroll com de ferralla feta miques et crida l'atenció.

—Què...?

Alces els ulls cap al cel, però no veus res. Agafes per les espatlles un dels nens, que està plorant, i li promets que tot anirà bé. Torneu a sentir el soroll, però. Aleshores alces la mirada un altre cop i veus aparèixer un zombi pel sostre del cotxe, el qual us contempla a tots des de dalt.

—No us mogueu! —crides als nens.

I llavors et poses dempeus, disposat a tot per tal de protegir-los. Per desgràcia, el zombi té més energia que tu i, d'un salt, se't tira al coll.

Quina mala sort!

Retorna a la pàgina 272 o comença de nou.

ELS BOMBERS

Amb l'atenció posada en els llums llunyans i en la sirena, amb prou feines pots seguir els bombers. Els vehicles circulen a molta velocitat. Corres darrere seu, però no has tingut prou temps per refer-te i els pulmons t'estan martiritzant.

Finalment aconsegueixes atrapar-los. T'hi acostes, però no pots parlar-hi. Estan massa ocupats extingint un gran foc que està a punt d'engolir una casa sencera. Les flames van disminuint fins a apagar-se. A terra, hi ha unes quantes figures ennegrides pel fum. Què deuen ser?

Quan el fum s'esvaeix, distingeixes formes humanes, una de les quals s'acaba de bellugar. És impossible; t'ho deus haver imaginat. Els bombers, però, també es mostren sorpresos. Un per un, els cossos es van posant dempeus. No són morts!

Un bomber s'acosta als ferits per ajudar-los, però, així que arriba a la seva altura, se li tiren a sobre. Són zombis!

Els bombers estan paralitzats. Observen, esglaiats, com les criatures devoren el seu company. De cop i volta, els zombis deixen anar el bomber i es giren, afamats, cap als altres. Els bombers pugen corrents als camions i fugen.

Corres cap al vehicle que està més a prop per fugir amb ells, però no t'han vist i arrenquen. Encara pots intentar atrapar-los si corres molt de pressa. Els zombis s'estan acostant, i aquesta vegada són molt nombrosos. No els podràs vèncer simplement amb claus de karate. Si falles un sol cop, ets mort. D'altra banda, si t'endinses a la urbanització, potser aconseguiràs deixar-los enrere. Què decideixes?

1) **Intentes atrapar el camió de bombers.**
– **La teva única esperança d'atrapar-lo t'espera en la pàgina 260.**

2) **Arrenques a córrer per la urbanització.**
– **Esperes evitar una trobada desagradable en la pàgina 247.**

DISTRACCIÓ

Obseves la mànega acoblada a la paret i, confiant en la teva rapidesa i en la lentitud d'en Rod, l'agafes i corres cap a ell.

—Ves a buscar el gas pebre! —crides a en Nour—. Corre!

El noi tarda una mica a reaccionar abans de dirigir-se, precipitadament, cap a la cabina de pilotatge; mentrestant, tu fas girar la mànega al voltant d'en Rod per tal d'immobilitzar-lo. No dura gaire, però, perquè en Rod ja s'està desfent dels lligams gràcies a una força increïble. En Nour et llança el pot del gas pebre i l'atrapes al vol. Tot seguit, ruixes en Rod. El gegant es desploma i es comença a transformar en humà. En Nour crida d'alegria, però això encara no s'ha acabat. Accedeixes a la cabina de comandament; un cop allà, la senyora Besset t'informa que necessiteu més aigua. Quan l'avió sobrevola un pantà, ella acciona la palanca i comenceu a caure en picat.

—Però... què fas?

Ajudes la senyora Besset a redreçar l'aeronau i entre tots dos aconseguiu que l'avió voli arran de l'aigua per omplir els dipòsits. Després, us dirigiu al centre de la ciutat i hi escampeu el líquid en abundància. Funciona! Els zombis tornen a ser humans!

De tota manera, l'aterratge podria haver anat una mica més bé. L'avió ha quedat inservible, però heu sobreviscut i heu pogut salvar la ciutat.

Surt el sol a Vilamort.

★ **Has guanyat!**

SUPERES LA CRISI

T'ajeus a terra, treus l'inhalador i aspires amb força. Un cop superes la crisi, descanses un moment per tal de refer-te, però heu de marxar de seguida. Et poses dempeus i intentes consolar en Nour.

—Tot va bé.

No, res no va bé, però desitges creure't la teva pròpia mentida..., de moment.

*

Avanceu a empentes i rodolons entre la gentada que omple els carrers. Afortunadament, aconseguiu arribar a casa d'en Nour. Entreu a l'edifici, però no hi ha ningú, i, a més, l'han saquejat. Han estat humans o zombis?

En Nour plora encara més fort.

Per la finestra veus els zombis al carrer. Es dirigeixen cap a les cases. Els cotxes, molt nombrosos, formen llargues cues per fugir de la ciutat. El caos és absolut. Un conductor perd el control del vehicle i s'estavella contra el cartell que anuncia l'arribada a Vilamort. El pal surt volant pels aires i, de passada, decapita un zombi.

Observes la criatura amb atenció.

Per estrany que sembli, és el primer zombi que no es torna a alçar després d'un atac. És una imatge esgarrifosa, però t'ha servit per descobrir com desempallegar-te d'ells.

Vas cap a la cuina per proveir-te d'armes, però en Nour et frena.

—Què fas?

—Necessitem armes. Estem en perill —li respons.

—Doncs llavors conec un lloc millor. Vine.

Segueixes en Nour fins a l'habitació dels seus pares i hi trobes una impressionant col·lecció de catanes exposada a la paret. És increïble! Qui deuen ser, els seus pares?

En Nour s'adona de la teva cara de sorpresa, arronsa les espatlles i despenja dues espases.

—La mare les col·lecciona —comenta.

Un cop armats, sortiu de la casa. Què fareu ara: buscar els vostres pares per la ciutat o seguir els cotxes que fugen?

1) Us quedeu a la ciutat. D'acord, com vulguis.

– Comprova'n les conseqüències en la pàgina 255.

2) Fugiu de la ciutat. Potser és millor així.

– Comprova-ho en la pàgina 88.

EL TOT PEL TOT

Esteu tan a prop de ser lliures que és normal que no hi vulgueu renunciar. A més, no hi ha cap més sortida. Heu d'arribar al terrat sigui com sigui; tant és el que hi trobeu.

De seguida veus l'escala d'emergència a l'altra banda de la porta. De sobte, t'arriba una olor força particular. Malgrat tot, no hi prestes atenció immediata. Tal com temies, tres zombis us barren el pas.

—Són els vigilants del torn de dia —xiuxiueja la Carla.

Sembla, però, que no s'adonen de la vostra presència, ja que estan ocupats cuinant una cama a la barbacoa. És una visió horrible, però has d'actuar de seguida.

Com passareu? Mires al teu voltant a la recerca d'alguna cosa que et pugui ajudar, però no veus res. Potser podríeu passar per darrere dels zombis sense que us vegin. De fet, estan força ocupats amb la barbacoa.

Intenteu esquivar-los sense fer soroll, però no sou prou prudents. Un dels zombis desvia la seva atenció del sopar i s'adona de la vostra presència. Aleshores, sense perdre temps, la Carla agafa la pistola elèctrica i li envia una descàrrega a la cara. Immediatament, el zombi cau a terra. Per desgràcia, als seus companys no els ha fet gaire gràcia i un d'ells, furiós, li arrabassa l'arma de les mans i la llança a l'altre extrem del terrat.

Ara tots dos esteu desarmats davant uns zombis molt violents. Sense pensar-t'ho dues vegades, empenys amb totes les teves forces el que tens just al davant, i ell, desprevingut, cau al buit per damunt de la barana i acaba estavellant-se contra el terra, uns quants metres més avall. Per desgràcia per a tu, però, t'arrossega en la seva caiguda.

—Elijah! —crida la Carla.

T'has agafat in extremis a la barana, a la qual t'aferres amb totes les teves forces, amb les cames suspeses en el buit. Està tan relliscosa, però, que no aconsegueixes alçar-te.

Per la seva part, la Carla s'enfronta amb l'últim zombi, que no és gaire alt —amb prou feines mesura el mateix que ella—, però ho deu haver volgut compensar castigant-se al gimnàs.

Les poques vegades que aconsegueixes elevar-te prou per observar el que passa al terrat, t'adones que el zombi atura tots els atacs amb una facilitat desconcertant. Al límit de les teves forces, decideixes quedar-te aferrat a la barana. Els teus intents precedents han estat a punt d'acabar amb una bonica caiguda al buit.

La parella de contendents s'acosta, però només els pots veure els peus. Estan tan a prop teu que podries fer entrebancar el zombi perquè caigués al buit. El problema és que els dos combatents són vigilants i porten exactament el mateix uniforme. Com t'ho faràs, per distingir-los?

Els examines mentre continues ben aferrat a la barana. Els adversaris no deixen de moure's, i això no t'ajuda gens. Tot d'un plegat, t'adones d'una pista: un dels parells de botes està tacat de sang verda. Però... de qui és? Et toca treure'n una conclusió lògica.

Estires els peus tacats de sang o els de l'adversari?

1) Ecs! Estires els peus tacats de sang.

– Ves cap a la pàgina 97 per descobrir el que passa.

2) No. Tens clar que has d'estirar els peus nets.

– Et costarà la vida, la teva preocupació per la higiene? Comprova-ho en la pàgina 268.

DEIXES INCONSCIENT L'ALCALDE

Esteu molt a prop del vostre objectiu i no podeu córrer cap risc. Llàstima! Haureu de deixar inconscient l'alcalde. Al capdavall, només en resultarà danyat el seu ego, i també, potser, el seu crani.

La Carla i tu us mireu. Per la manera com fulminava l'alcalde amb la mirada deu estar ben furiosa. Segur que ha pensat el mateix que tu.

La teva amiga es gira cap a tu, prement la mandíbula, i assenteix amb el cap. És evident que aquest cop ella també vol passar a l'ofensiva.

De sobte, la noia s'abraona sobre l'alcalde i l'empeny contra la prestatgeria situada darrere seu. Aleshores, aprofites l'ocasió per agafar un arxivador de l'escriptori i li claves un violent cop al cap. Immediatament, l'alcalde cau a terra inconscient. Sembla que ha estat més fàcil del que t'esperaves gràcies al treball en equip.

La Carla i tu correu a l'altra banda de l'escriptori: l'alcalde disposa d'una màquina que li dona accés directe als altaveus de la ciutat. Així doncs, no haureu de buscar la sala que vas visitar fa uns quants anys.

Intenteu connectar els cables on correspon, però no és tan fàcil. De tota manera, sembla que no cal ser enginyer per saber utilitzar aquest aparell. Finalment, aconsegueixes connectar el cable correcte i actives el sistema. Llest! Ja podeu transmetre el missatge.

Així que et disposes a fer-ho, sona el telèfon fix de l'alcalde, que despenges per pur acte reflex. Una veu robòtica confirma l'activació immediata de la bomba. L'alcalde ja deu haver donat l'ordre. Efectivament, la Carla troba un detonador a la caixa forta, però, per més que intenta cancel·lar el llançament, no ho aconsegueix. El compte enrere telefònic segueix el seu curs. Proves d'esbrinar la contraordre i transmetre-la per l'auricular:

—Desactivació! Cancel·lació! —crides espantat.

La veu electrònica t'acaba responent:

—Identificació oral no reconeguda.

Ui! Que només la pot anul·lar l'alcalde, l'ordre?

Et llances damunt l'alcalde per despertar-lo i el sacseges d'una banda a l'altra. Per desgràcia, però, heu estat molt eficaços i continua inconscient. Mentrestant, el compte enrere segueix.

—Un minut i trenta-cinc segons.

Alces els ulls i els claves en la Carla, que està esglaiada.

Ni tan sols tindreu temps d'intentar fugir amb el ciclomotor.

Has perdut!

Abusar dels productes químics no pot ser bo per a la pell. **Pots començar des de zero o tornar a la pàgina 92.**

RETORN A LA CASELLA DE SORTIDA

Acompanyar en Bruce Lee per veure com elimina els zombis? Si has de ser sincer, aquesta idea no t'atreu gaire, precisament. Li estàs molt agraït, però ara no et ve gens de gust acompanyar-lo en una croada. El veus massa propens a apunyalar tothom qui troba. Malgrat tot, t'estimes més ser educat amb ell, per no ser víctima de la seva ira.

—T'agraeixo que m'hagis tret d'aquest merder, però vull tornar a casa tot sol; no falta gaire, ja. No et preocupis per mi.

Aleshores passa justament el que temies. El noi no està disposat a deixar-te marxar tan fàcilment.

—Però què dius? —declara amb una fúria sobtada—. Et penses que estàs fora de perill? Em necessites per protegir-te. Vine amb mi o no en sortiràs viu, d'aquesta.

Recules unes quantes passes, espantat per la seva reacció. Per la seva part, el teu adversari sembla confós per la teva actitud prudent.

En tot cas, ha succeït justament el que et pensaves que passaria des del començament. De seguida t'adones que l'incomoda la teva ferida. Per culpa dels nervis, no deixes de tocar-te-la. T'observes els teus tacats de sang i després et fixes en el noi. Les seves ulleres de sol amaguen uns ulls que no deixen de contemplar la teva ferida. El noi contreu la mandíbula i s'empassa la saliva, com si es volgués resistir a la temptació. La temptació de què?

S'alça les ulleres i s'eixuga la reguera de suor que li baixa pel front. Aleshores constates que, efectivament, els seus ulls grocs miren fixament la teva ferida. Merda! És un zombi, també? I, si realment ho és, per què t'ha ajudat?

T'estimes més no perdre temps comprovant la teva teoria. Val més fugir. Recules una mica abans de decidir-te a anar cap al mur. Per desgràcia, però, el noi t'ho impedeix: et talla el camí situant-se com a obstacle en l'única sortida que condueix a la urbanització. La seva mirada és intensa i maligna. Sense pensar-t'ho dues vegades, recules i corres a tota velocitat cap a la tanca del cementiri. T'hi enfiles immediatament, sense preocupar-te dels perills ni de comprovar si els amiguets de fa una estona encara són per la zona. Sembla que el noi no et segueix, però no n'estàs segur.

No saps on anar. Et sembla que no estaràs fora de perill enlloc.

Necessites trobar un lloc on puguis descansar i arrecerar-te una estona. Segueixes obsessionat per la idea de trobar algú que pugui trucar als teus pares.

A la llunyania, et fixes que alguns llums del centre comercial encara estan encesos. Segur que allà podràs demanar ajuda. Decidit, t'hi dirigeixes amb passos llargs, i de tant en tant comproves que no et segueixi ningú.

Quan arribes a l'aparcament, encara està més desert que quan has sortit del cinema. Malgrat tot, les portes automàtiques segueixen funcionant, de manera que t'endinses a la galeria en silenci.

Deambules una estona pels passadissos tenebrosos, amb prou feines il·luminats. Així que has avançat una mica, entreveus la sala de seguretat. Per fi! Segur que hi trobaràs un guarda que et pugui ajudar.

De sobte, però, sents un soroll en una botiga, com… com si algú s'acabés de donar un cop. Què penses fer? Ho investigaràs o t'estimes més anar directament a la sala de seguretat?

1) Vas cap a la botiga.
– I si hi ha un zombi amagat darrere la porta?
Comprova-ho en la pàgina 170.

2) Et dirigeixes a la sala de seguretat.
– I si hi ha un zombi amagat a l'armari?
Comprova-ho en la pàgina 174.

AMB BICICLETA

Et poses dempeus i agafes en Nour pel braç amb tendresa.

—Anem. T'acompanyaré a casa teva. Tot anirà bé. Jo et protegiré.

—Gràcies —contesta en Nour, sense alçar la veu.

Us poseu en camí. En Nour et guia. Llavors t'adones que la casa d'en Nour és molt lluny, a l'altra banda de la urbanització. Trigareu més d'una hora.

Tot d'un plegat, et fixes en unes bicicletes que estan aparcades al carrer i decideixes robar-les. Als grans mals, grans remeis. Amb una pedra, trenques les fràgils cadenes que les aferren a un pal.

Avances a través de la foscor. En Nour va darrere teu. Et gires sovint per comprovar si et segueix, i t'orientes tan bé com pots gràcies als llums de les bicicletes.

Sents les sirenes dels camions de bombers i també en pots veure els llums. No són gaire lluny. Decidiu anar cap allà i us atureu per observar el que passa. Que hi ha un incendi? No, els bombers estan ajudant uns vianants que, pel que sembla, han patit un atac i estan ferits de gravetat. Un d'ells s'incorpora; els seus ulls reflecteixen una lluïssor groguenca i té els cabells blancs.

En Nour crida:

—Compte! S'alçaran de cop i us atacaran!

En efecte, els ferits es posen dempeus i s'abalancen sobre els bombers. Ja n'han mossegat un, que també s'ha convertit en zombi. Quin horror! El bomber zombi ataca els seus companys! Cal ajudar-los! Però… com?

Et fixes en la mànega del camió de bombers. Funcionarà? Probablement ja és massa tard i, a més, vas amb un nen. Fuig abans que us ataquin a vosaltres també.

1) **Fuges amb en Nour.**

– **Amb l'esperança de posar-lo fora de perill a la pàgina 269.**

2) **Intentes ajudar els bombers.**

– **Els bombers es juguen la vida per ajudar-nos. Ara són ells els que necessiten que els donis un cop de mà. Corre cap a la pàgina 67.**

LA GUERRA NUCLEAR

I si en Matt i els seus amics encara no han desenvolupat tots els seus reflexos de zombis? Quina edat deuen tenir? Vuit o nou anys, a tot estirar. Potser encara els agrada jugar. A més, quan heu entrat al centre lúdic, jugaven tranquil·lament, sense maldat. Així doncs, intentes tranquil·litzar-te i apuntes el teu millor somriure, per semblar segur de tu mateix.

—Oh, però si ets en Matt! —dius alegrement, fingint sorpresa—. No t'havia reconegut!

Silenci. En Matt no respon, però ha deixat de grunyir i et deixa continuar.

—Quan us hem vist, ens ha fet gràcia venir a jugar amb vosaltres. Au, comença a córrer, que paro jo!

En Matt arrufa les celles. És evident que la teva breu presentació no l'ha convençut gens. Aleshores t'empasses la saliva. Ho has d'arreglar de seguida, perquè els nens no es caracteritzen precisament per la paciència. Aleshores en Matt et sorprèn prenent la paraula.

—A tocar i parar? —pregunta bocabadat.

Restes en silenci; primer, perquè no t'esperaves, ni de bon tros, que pronunciés una altra cosa que no fossin grunyits, i, segon, perquè no aconsegueixes interpretar la seva pregunta. Que potser sap que estàs mentint? Esperes la seva reacció.

—Quin rotllo! Ja no som nens petits.

Uf! Només rondina perquè pensa que el joc que has proposat és un avorriment. Deus estar desfasat. De tota manera, tenies raó: en Matt segueix sent un nen. Aleshores, avergonyit, comences a seguir-li el joc.

—Tens raó, però conec un joc fantàstic. El que passa és que no sé si sou prou grans per participar-hi.

El nen es mostra ofès. Te n'has sortit molt bé i has aconseguit que s'interessi per la teva petita mentida.

—Què? —s'indigna—. És clar que som grans! Ja fem segon de primària! —afegeix, orgullós d'ell mateix.

—D'acord —respons, mentre continues inventant a tort i a dret—. S'anomena «guerra nuclear». Aneu a buscar totes les boles que pugueu, perquè en necessitarem moltes. El joc consisteix a llançar-nos-les. Ja veureu que bé que ens ho passarem.

En Matt, entusiasmat, porta els seus amics a la piscina de boles, disposat a participar en un nou joc per a grans. És el moment de fugir.

—Corre! —crides a la Carla, que ha restat en silenci tota l'estona per no interrompre la teva història.

Correu cap a la porta, que teniu bastant a prop. De sobte, en Matt i els seus amics es giren amb una mirada furiosa i comencen a empaitar-vos, però els tanqueu la porta als nassos en el darrer moment. Ha anat de poc! T'assegures de passar el forrellat, sense fer cas dels grunyits colèrics que t'inquieten tant, i repreneu el vostre camí. Ara, sense els nens zombis.

*

Un cop sou a l'última planta, de seguida arribeu a la porta que comunica amb el terrat. Ostres! No s'obre! Quina mena de sortida d'emergència és, aquesta? Després d'esforçar-vos tant, no t'esperaves una decepció així.

—La deu haver bloquejat algun zombi —comenta la Carla, que està tan espantada com tu.

Estàs confós i no saps què respondre. La noia reflexiona un moment abans de continuar.

—Al terrat hi ha un jardinet al qual poden accedir els clients amb ascensor, però no crec que aquest funcioni sense electricitat.

La Carla dubta si explicar-te o no el que està pensant, però a la fi es decideix.

—Hi podríem pujar enfilant-nos pels cables de l'ascensor...

Obres els ulls amb un gest de sorpresa. Ets un noi esportista, però l'escalada no és el teu punt fort, i el que et proposa la noia és un autèntic perill. De tota manera, has de reconèixer que el més probable és que sigui la vostra única esperança de sortir vius del centre comercial, així que decideixes deixar de banda les pors. Fet!

Arribeu a l'ascensor. Cadascú estira una de les portes amb força i finalment aconseguiu obrir-les. Mires cap amunt: el trajecte no és cap minúcia. Després, cap avall: no és pas gaire millor. Si caieu, serà la vostra fi. La Carla s'aferra a un cable i comença a enfilar-s'hi, per tal que t'animis a imitar-la. Com que no tens cap altra opció, la segueixes, evitant, en tot moment, de no mirar al buit. Tremoles i la Carla també sembla molt espantada.

De sobte, se sent un soroll metàl·lic i tot s'il·lumina. S'ha restablert el corrent elèctric i l'ascensor, que s'ha posat en funcionament, comença a pujar des de la planta baixa cap a vosaltres. Encara està molt lluny, però és molt més ràpid i us podria esclafar. Només teniu dues alternatives: continuar endavant i intentar arribar a dalt abans que us atrapi l'ascensor o saltar-hi a sobre en plena ascensió, amb l'esperança de poder obrir la trapa d'emergència i colar-vos-hi a dins abans que sigui massa tard.

De pressa! Què penses fer?

1) Continuar pujant pel cable.

– **Només et falten uns quants metres. Has pres la decisió correcta? Comprova-ho en la pàgina 193.**

2) Saltar sobre l'ascensor.

– **Ves cap a la pàgina 258 per comprovar si acabaràs fet miques.**

QUI SEMBRA VENTS CULL TEMPESTATS

No hi ha dubte: esteu tancats en un vagó sense possibilitats de fugir. Com podeu córrer el risc de refiar-vos d'un desconegut? Pel que saps, no es pot confiar en els zombis. L'individu es defensa i al·lega que esteu cometent un error, però tu et fixes en la pell pàl·lida, els cabells grisos i la gran taca de sang verda; sobretot, no pots ignorar la taca de sang verda.

Decidit, tires la clau per la finestra per no deixar cap opció als teus companys d'infortuni. No teniu altre remei que llançar-lo per la finestra del tren.

Els teus pares et contemplen bocabadats. No s'esperaven que prenguessis tot sol una decisió com aquesta, de la qual ja t'estàs penedint. És possible que hagis comès un error estúpid? Els viatgers més paranoics no semblen compartir aquesta opinió. Un d'ells estira l'intrús pel braç, que es resisteix amb força. No tenen cap intenció de rendir-se.

—És molt combatiu, ja ho veieu! —crida, aleshores, el seu raptor—. És evident que és un zombi. Veniu a ajudar-me.

Uns quants passatgers s'afanyen a donar-li un cop de mà. Entre tots subjecten l'individu, que no es cansa de proclamar la seva innocència ni de dir que no sap d'on ve la sang. Si l'estava amagant, era precisament per evitar de trobar-se en una situació així. Res, però, no et sembla creïble. Si de veritat la sang no és seva, com pot ser que en tingui tanta? Tot i que també és cert que els combats contra els zombis sempre són molt violents.

Per la mirada desesperada de l'home, comences a pensar que potser diu la veritat. Aquest cop estàs convençut que has actuat massa ràpid. Et disposes a expressar el teu penediment, però ja és massa tard. El grup trenca el vidre de la sortida d'emergència, subjecta l'intrús, l'alça i el llança per la finestra. L'individu cau damunt la via, a uns quants metres del tren. El deixeu enrere ràpidament, però de sobte veus sang vermella. Era humà de veritat!

Però què has fet? Et gires per avisar els altres, però restes bocabadat. Davant teu tens un zombi que ha aconseguit enganyar-vos tot aquest temps. Just abans que el mort vivent se't tiri al damunt, penses que el tret t'ha sortit per la culata. No hi ha dubte que els altres supervivents patiran la mateixa sort.

Has perdut.

**Però pots retornar a la pàgina 239
o tornar a començar de zero.**

REMOR DE SIRENES

—Ara, Nour!

T'esgargamelles perquè el teu amic et senti.

En Nour obre l'aixeta, però està tan espantat que no regula bé la manovella i la pressió és massa forta. Ets incapaç de dominar la mànega, que no deixa de sacsejar-se en totes direccions ni de descarregar gairebé tot el líquid al carrer i damunt els bombers.

Quan arribeu al centre de la ciutat, observes davant teu un espectacle encara més apocalíptic. Un grup d'un centenar de zombis ha bloquejat la calçada. Apuntes cap a ells la mànega d'incendis, però el dipòsit està buit. Se t'acosten i pugen al vehicle.

Esteu perduts.

S'ha acabat!

No t'ha agradat? Doncs torna a la pàgina 249.

L'ARMERIA

Val més que parlis amb algú del teu estrany descobriment en comptes de jugar a fer-te l'heroi. Has d'anar a l'ajuntament.

Expliques el pla a en Nour i us afanyeu a sortir del Chicken Spot. Espereu que s'allunyi l'exèrcit de zombis dirigit per en Rod i us dirigiu cap a l'ajuntament sense perdre més temps. Tot i que, per descomptat, mantens les precaucions. No et pots precipitar i alertar els zombis de la vostra presència.

De seguida arribeu als voltants de l'ajuntament, on constates, amargament, que està protegit amb barricades i que és impossible accedir-hi. Què penseu fer? Esteu molt a prop de la casa d'en Nour. Potser l'hauries de portar amb els seus pares, que deuen estar molt preocupats.

A mig camí, passeu per davant de l'armeria, que està completament destrossada; de segur que han estat els zombis. Aquest lloc sempre t'ha intrigat, però els teus pares no t'hi han deixat entrar mai. «És per a caçadors o imbècils», repeteix el teu pare. Doncs avui ignoraràs les seves paraules, ja que necessites anar ben armat per continuar el teu periple.

Entres a la botiga deserta acompanyat d'en Nour i trobes una catana magnífica. En vista de les circumstàncies, et podria ser molt útil. Sense pensar-t'ho dues vegades, l'agafes. Ja estàs preparat! Sortiu corrent de l'establiment i al cap d'una estona us planteu davant la casa del teu amic.

De sobte, però, en Nour resta glaçat, i se li esborra el somriure que li havia aparegut al rostre a mesura que us acostàveu a casa seva. La porta està mig oberta i tens un pressentiment: tems trobar la casa buida. En efecte, està destrossada, i molt pitjor, encara, deserta.

En Nour, amb llàgrimes als ulls, es disposa a pujar l'escala, però tu li ho impedeixes.

—És absurd. No hi ha ningú. Marxem —li xiuxiueges amb afecte.

El que més temies era el que podríeu haver trobat a la primera planta, però, per sort, en Nour et segueix sense badar boca.

Repreneu el camí, però no sabeu on anar. En Nour confia completament en tu, tot i que ignores què vindrà a continuació. En una ciutat mig zombi, en qui pots confiar? Us limitareu a fugir o us hi quedareu per lluitar?

Continua en la pàgina 255.

TABASCO

Segueixes la senyora Besset sense que se n'adoni. De sobte, sents un soroll darrere teu. Espantat, acceleres, però el soroll no desapareix. Gires cua per atacar, però en el darrer moment aconsegueixes refrenar-te: és en Nour, que t'està seguint.

Arribeu al supermercat i hi trobeu una escena apocalíptica. Està atapeït de veïns que han anat a aprovisionar-se abans de partir. Han saquejat les prestatgeries i la gent es baralla per les poques coses que queden. Et sorprèn la violència d'aquells que s'haurien d'estar ajudant mútuament.

Entremig de la gentada, trobes la senyora Besset, la teva professora, al passadís dels medicaments, a la recerca dels que continguin capsaïcina. Mentrestant, et dirigeixes al prestatge de productes internacionals per proveir-te de tots els diferents tipus de xilis i bitxos que trobis.

Agafes una ampolla de tabasco i, de sobte, veus entrar un exèrcit de zombis al supermercat. La gent fuig cridant. Una de les criatures gairebé ja és a sobre d'en Nour, però li llances a la cara l'ampolla de tabasco i es desploma. Desenfundes la catana, agafes un envàs familiar de salsa picant i avances cap als zombis, disposat a enfrontar-t'hi. Et baralles com un lleó, amb l'ajuda de la teva professora, fins que, finalment, aconseguiu sortir de la botiga amb el vostre valuós carregament.

La senyora Besset està furiosa.

—Us he dit que m'esperéssiu! És molt perillós! —Aleshores es calma—. Però m'heu ajudat molt tots dos —reconeix—.

Ara hem de trobar la manera d'escampar la substància. Primer, però, l'haurem de diluir, perquè, si no, no n'hi haurà prou. Necessitem un mitjà de transport que contingui aigua.

Se t'acut una bona idea.

—Un camió de bombers!

—Sí —diu la senyora Besset—, però estem molt lluny del parc de bombers. I un avió antiincendis? L'aeròdrom és a prop d'aquí.

—Saps pilotar? —preguntes bocabadat.

La senyora Besset somriu una mica avergonyida.

—Ho he provat… un parell de vegades.

I doncs? Camió de bombers o avió antiincendis? Què tries?

1) El camió de bombers.

- Amb una mica de sort, podràs engegar la sirena. Ves cap a la pàgina 249.

2) L'avió antiincendis.

- No hi ha res millor per relaxar-se que fer una volta pel cel, oi? Ves cap a la pàgina 82.

A BABORD

Provar d'atacar els zombis massivament us sembla massa arriscat: la ciutat patiria moltes pèrdues. Ni tan sols amb el teu entrenament estàs segur de tenir avantatge sobre tants enemics. Val més anar al que és segur, encara que només sigui una manera de parlar. No hi ha res que et garanteixi que aconseguireu evacuar la població sense ser atacats, però cal intentar-ho, costi el que costi.

Us dirigiu ràpidament cap a l'estació d'autobusos, que afortunadament no és gaire lluny del centre comercial. Per sort, no us trobeu amb cap mort vivent, la qual cosa gairebé et sorprèn. Ja t'havies acostumat a estar sempre alerta.

Sense perdre la concentració, examines amb la Carla els autobusos municipals i en veieu un d'obert. Que bé! No caldrà que en forceu la porta. Tot seguit, hi´pugeu. La Carla s'asseu ràpidament al seient del conductor i prova d'arrencar l'autobús connectant els cables. Has vist com es fa en un munt de pel·lícules, però, veient els entrebancs amb què es troba la Carla, t'adones que és molt més complicat del que sembla.

T'inclines per examinar el circuit elèctric i ajudar-la, però, de sobte, veus de reüll que s'acosta un exèrcit de zombis. És clar! Just quan et pensaves que estaries tranquil! Per fortuna, en un acte reflex, t'abalances sobre el quadre de comandament i tanques les portes amb un sol gest. Els zombis, tanmateix, són encara més nombrosos del que et pensaves, i, en comptes de desanimar-se en veure l'obstacle, comencen a sacsejar l'autobús per desestabilitzar-vos.

Això complica encara més la tasca de la Carla, que es belluga constantment, juntament amb el vehicle. L'autobús comença a bascular i els zombis, frenètics, copegen amb violència les finestres, fins que n'esquerden una. Aleshores corres cap a la finestra tancant els punys, a punt per plantar-los cara en cas que el vidre cedeixi i impedir l'avanç dels assaltants, per tal de concedir més temps a la teva aliada. Finalment, la Carla troba la solució i aconsegueix connectar els cables. L'autobús arrenca bruscament i caus cap enrere. Per sort, no et trenques res i us allunyeu tranquil·lament del grup de zombis furiosos.

La Carla pitja l'accelerador a fons i t'has d'agafar per no tornar a caure. És evident que la teva amiga disposa de molts recursos. De seguida arribeu a la urbanització, on la Carla redueix la velocitat perquè pugueu localitzar persones en dificultats.

Ajudes un parell d'ancians a pujar a l'autobús, juntament amb els seus dos nets, que no deuen tenir més de sis o set anys. La família està espantada i esgotada, però també molt agraïda, la qual cosa et reconforta. Encara que només aconseguiu rescatar aquestes quatre persones, haurà valgut la pena.

Repreneu el camí a la recerca de més supervivents i arribeu als voltants de la vella fàbrica abandonada, on a vegades et trobes amb els teus amics per explicar-vos històries de terror. La Carla atura l'autobús. A través dels vidres, podeu observar que s'hi han refugiat més d'una vintena de persones.

De sobte, veieu un exèrcit de zombis que s'acosta a la fàbrica, armats amb destrals, amb les quals, clarament, pretenen tirar a terra la porta. Sigui com sigui, heu de fer pujar els refugiats a l'autobús abans que sigui massa tard. Obres les portes, disposat a treure un peu a l'exterior, però, de sobte, un crit desvia la teva atenció. A l'altra banda del carrer, dos zombis estan atacant el teu pare. És evident que està en perill de mort immediata. Des del terra, intenta foragitar els seus adversaris, que estan a punt de devorar-lo. Les criatures estan d'esquena a tu, de manera que podries agafar-les de sorpresa i alliberar el teu pare.

Però, tindràs temps de salvar, alhora, els supervivents de la fàbrica i el teu pare? No ho tens gens clar. Has de prendre una decisió.

1) Salvar els supervivents de la fàbrica.

– Si no fos el teu pare, ni t'ho plantejaries.

Ves cap a la pàgina 114.

2) Salvar el teu pare.

– Si no ho intentes, no t'ho perdonaràs mai.

Corre cap a la pàgina 239.

LA BOTIGA DE ROBA

No estàs segur que la sala de seguretat estigui oberta; per tant, val més que provis d'anar a la botiga, on segurament trobaràs algun adult que t'ajudi. Així que travesses la porta, però, et trobes cara a cara amb un zombi. Quina sort que tens! No tens temps per lamentar-te, ja que el mort vivent t'ataca.

Atures el primer cop, recordant cada gest de defensa que has après a les classes d'arts marcials. Malgrat tot, el zombi té una força sobrehumana. És evident que li has agradat. Sense perdre l'aplom, continues repel·lint els seus atacs.

De sobte, es fonen els ploms, s'apaguen els pocs llums que quedaven i la foscor es fa més gran. El cor et comença a bategar a tota velocitat. Sembla que la cosa no pinta gaire bé, però al zombi no li importa. Ara, els teus cops ni tan sols toquen l'objectiu i només dones cops de puny a l'aire. Et comences a posar molt nerviós.

De cop i volta, apareix una llum procedent d'una llanterna. Un vigilant! Encara tens un bri d'esperança.

—Fuig d'aquí, zombi fastigós! —crida una veu femenina.

Es dirigeix a tu, però. De sobte, reps la descàrrega d'una pistola elèctrica al tors i et desplomes, confós, però et recuperes al cap d'uns segons. Aleshores, observes que la nouvinguda, que ja s'ha adonat del seu error, s'està enfrontant amb l'autèntic zombi. Encara una mica als núvols, et fixes que la pistola elèctrica de la vigilant és a l'altra banda de la botiga. Probablement, el mort vivent li ha arrabassat l'arma de les mans. Agafes aire i et poses dempeus, delerós de donar un cop de mà a la teva nova aliada.

Al cap d'una estona, aconseguiu prendre el control sobre el zombi. Quan et prepares per assestar-li el darrer cop, t'adones que al mort vivent li cau un ull. Ecs! La vigilant l'hi ha arrencat amb un penjador. No entens com és possible, però, amb la nit que acabes de passar, la veritat és que tampoc no t'interessa tant el perquè. La noia t'allarga la mà.

—Uf! —exclama alleujada—. Em dic Carla. Perdona per la descàrrega. Estàs bé?

Et comenta que ha entrat a la botiga en sentir sorolls de baralla. Després de donar-li les gràcies, arribes a la conclusió que refugiar-te en aquest edifici no ha estat precisament la idea del segle. Tot seguit, us dirigiu a la sortida. Les portes automàtiques, però, no s'obren, i sou incapaços de forçar-les.

De sobte, sentiu una remor darrere vostre. Són zombis! No teniu temps per reaccionar, però: ja els teniu al damunt.

Has perdut!

Però no et preocupis:

ho pots tornar a intentar en la pàgina 63.

ZOMBI

Tu vols confiar en en Frank. Si diu que et pot ajudar a controlar-te, te l'hauries de creure, oi? Fins ara, sempre hi has confiat. És cert que t'ha mentit quan ha omès el fet que no era del tot humà, però no li pots guardar rancor. En Frank no t'ha atacat en cap moment, cosa que no pots dir de l'individu que t'ha clavat el ganivet al cor. I, a més, si hi ha la més petita oportunitat de tornar a veure la teva família...

En realitat, els teus desitjos d'acceptar venen, sobretot, de la por de morir, de perdre la vida, de perdre els teus éssers estimats, de perdre-ho tot.

En un darrer sospir, xiuxiueges:

—Sí, endavant.

En Frank s'ajup i et pren en braços. No pots parar de tremolar. Tot seguit, et deixa en un lloc segur, lluny dels combats, que encara continuen. Després, sense perdre més temps, s'inclina damunt teu i et mossega al coll com si fos un vampir. Sents un dolor agut i t'adorms...

Et despertes al cap d'uns segons. Diferent, amb el cos feixuc i, alhora, gairebé flotant. Et sents dèbil, famolenc i molt més lent que abans. De moment, et costa respirar —una sensació semblant a quan tens asma—, i ho fas amb inseguretat. La veritat és que no et sents viu, però tampoc mort, sinó més aviat com si et trobessis fora de la realitat. Hi veus gairebé igual, però la resta dels sentits són diferents.

El fred tardorenc t'és indiferent, has perdut consciència del vent i dels sorolls del combat, que et semblen llunyans i difusos, com si t'haguessis submergit en l'aigua. Notes un regust de sang al paladar i el sentit de l'olfacte se t'ha multiplicat per deu. Et gires cap als zombis que s'acarnissen amb els humans i els devoren: ja no et fan por.

En canvi, els vius t'atrauen sense remei. Cada vegada tens més ganes d'abraonar-te sobre ells. Afortunadament, en Frank és al teu costat per ajudar-te, tal com t'ha promès.

—Anem, Elijah. No ens podem quedar aquí —t'adverteix.

Així doncs, com que sembla que no tens cap altra opció, segueixes el teu amic en direcció al bosc.

Ves cap a la pàgina 299.

LA SALA DE SEGURETAT

Els teus infortunis t'han fet desconfiar i t'estimes més ignorar els sorolls de la botiga. Val més que vagis directament a demanar ajuda als vigilants del torn de nit. Et dirigeixes a la sala de seguretat. Per sort, la porta està oberta. Un cop dins, t'adones que l'estança està buida. És evident que avui no és el teu dia de sort. Recorres l'estança amb la mirada i et fixes en una paret que està totalment coberta de pantalles de seguretat, les quals controlen tota la galeria comercial.

Examines les pantalles una per una, per no deixar-te res. Si hi ha algú que et pugui ajudar, l'has de trobar sigui com sigui i ràpidament. Amb tot, les pantalles et confirmen que el centre comercial està buit.

Aleshores decideixes buscar un telèfon per trucar als teus pares. De sobte, et crida l'atenció un moviment en una de les pantalles: es tracta de la botiga on has sentit soroll. Una criatura molt semblant als monstres amb qui t'has enfrontat tu està atacant una noia, que sembla que no sap com sortir-se'n. Per més por que tinguis, no et pots quedar sense fer res. Així doncs, sense pensar-t'ho dues vegades, surts corrent de la sala de seguretat i et dirigeixes ràpidament a la botiga que, en principi, has decidit ignorar.

Et trobes amb els dos contendents i busques el millor moment per intervenir-hi. Però, així que et disposes a abalançar-te sobre el zombi igual que un ninja, la noia li clava un fort cop de puny a la cara i el mort vivent surt disparat cap enrere, xoca contra un penja-robes i li cauen al damunt tots els articles, que el deixen atordit durant uns segons.

La noia no perd l'oportunitat i, així que el zombi intenta alçar-se, l'electrocuta amb una pistola elèctrica fins que el mort vivent es desploma. Impressionant! Tot d'un plegat, recordes el zombi desmembrat.

—Es tornarà a alçar! —crides a la noia.

I, efectivament, de sobte, l'individu es posa dempeus. Per sort, la noia no ha perdut la concentració i no li permet atacar. Li llança una nova descàrrega amb la pistola elèctrica; aquesta vegada, al mig del front. Amb el crani calcinat, el zombi es torna a desplomar; ara, de manera definitiva. És igual que en les pel·lícules: s'ha d'apuntar al cap. T'ho apuntes mentalment per si ho necessites més endavant. És evident que esperes no haver de fer ús de la informació, però no se sap mai.

Resteu una estona en silenci, observant l'estranya criatura, que està estirada a terra. Després, un cop recuperada de tantes emocions, la noia se't presenta:

—Em dic Carla —diu—. Gràcies per ajudar-me.

Alces una cella. De fet, no has fet gran cosa.

—Bé, per haver-ho intentat. Val més que fugim, no trobes? —et pregunta amb amabilitat.

Assenteixes, impressionat per la gran lluitadora que tens al davant.

—Soc guarda del torn de nit del centre comercial. T'acompanyaré a la sala de seguretat i trucarem als teus pares. Tot anirà bé —et tranquil·litza.

Mentre us dirigiu a la sala de seguretat, recuperes la parla i et presentes. Li parles de les teves trobades desagradables des que has sortit del cinema, cosa que la inquieta clarament. La noia, però, resta en silenci, i només va fent que sí amb el cap.

Un cop a dins de la sala, la Carla despenja el telèfon, sense alçar els ulls de les pantalles. De cop i volta, mentre li dictes el número de casa teva, se'n va la llum. I ara què? A partir d'aquest moment, és impossible comunicar-se amb l'exterior. Les pantalles s'apaguen i la sala se submergeix en una foscor gairebé total. Només funciona el llum d'emergència, però pràcticament no veus res i t'esforces perquè no t'envaeixi el pànic.

—Ja n'hi ha prou! Marxem, Carla. Entre tots hem de ser capaços de sortir-nos-en, encara que ens hàgim d'enfrontar amb més bèsties repugnants —afirmes, més aviat per convèncer-te a tu mateix.

—Impossible —s'afanya a respondre la vigilant—. Totes les portes són automàtiques. Sense llum, no s'obriran. Estem atrapats.

És veritat. La Carla té raó: les portes no funcionaran. Malgrat tot, heu de trobar la manera de sortir d'aquí, ja que el zombi que acabeu d'eliminar segurament no és l'únic del centre comercial, i no us podeu quedar tancats aquí amb els zombis.

La Carla sembla sumida en els seus pensaments. Segurament també està pensant un pla per poder sortir del centre comercial. Et dona una pistola elèctrica i una llanterna. Tu també t'has de poder defensar. Aleshores, la Carla t'exposa unes quantes idees, però és incapaç de triar la millor opció.

Podríeu arribar-vos a la sala del quadre elèctric i tornar a activar el corrent elèctric. Així podríeu demanar ajuda i obrir les portes. L'inconvenient és que hauríeu de travessar tota la primera planta del centre comercial, de grans passadissos i amb molt poc espai per amagar-vos en cas de necessitat.

També podríeu intentar accedir a la sortida que condueix al terrat, i des d'allà, a l'escala d'emergència. Sembla una bona manera d'escapar-se, però també podríeu trobar-vos amb atacants pel camí.

Els dos plans estan bé, però també representen un possible perill. Malgrat tot, no tens temps per sospesar les opcions. De pressa! Què penses fer?

1) Anar a la sala del quadre elèctric.

– Comprova si és la millor tàctica en la pàgina 24.

2) Pujar al terrat.

– Més a prop del cel? No ho sé pas... Comprova-ho en la pàgina 98.

A L'ALTRA PASSAREL·LA

Salteu tots alhora a l'altra passarel·la. En Nour rellisca en un extrem i està a punt de caure al buit, però tu li dones la mà a l'últim segon i aconsegueixes evitar la caiguda.

Els zombis proven de seguir-vos, però, per sort, són molt lents i acaben estavellant-se contra el terra de la fàbrica. Arrenqueu a córrer cap a l'escala; de moment, esteu fora de perill.

Baixeu sense fer soroll. Fins ara heu estat lluny del punt on s'agrupen els refugiats; per tant, encara no us ha vist ningú. Proveu d'ocultar-vos entremig de la gentada, però les armes i la roba bruta de sang criden l'atenció. Un agent de policia us atura i us bombardeja amb preguntes.

—Què feu aquí? Com heu entrat? Això vol dir que hem de reforçar la seguretat dels accessos.

Aleshores s'acosten els pares dels teus companys, que amb prou feines tenen temps de reunir-se amb ells. Els adults discuteixen cada vegada amb més violència respecte a vosaltres.

—Què hem de fer amb ells? Estan contaminats?

Et fixes en una dona de cabells blancs amb una gran cicatriu a la cara, que camina furtivament entre els pares i els va mossegant. Immediatament, ells es transformen en zombis. De sobte, la discussió es converteix en una batalla sagnant. Intentes avisar la gent que s'allunyi de la dona de la cicatriu, de l'amenaça... Per desgràcia, però, i com sempre, ningú no et fa cas. Amb un fort xiulet, indiques als humans que corrin cap a la sortida. Si aconsegueixes que surtin tots, potser podràs deixar tancats els zombis a dins. Però… com t'ho faràs per saber qui s'està transformant i qui no?

Gires cua a la recerca d'indicis i, espaordit, veus que la teva mare es baralla amb la dona dels cabells blancs, que s'inclina sobre ella i li arrenca un crit de dolor. No! La teva mare es convertirà en zombi!

No veus el que passa després. Un individu, espantat, et dona una empenta i t'arrossega juntament amb els nens cap a la sortida. La teva mare corre cap a tu.

—Elijah! —et crida—. Elijah!

Que no l'havien mossegat? Correràs el risc? Posaràs molta gent en perill: els nens, en Nour… Però… és la teva mare! Seràs capaç de sacrificar-la?

1) Esperes que surti.

– No hi ha res que t'asseguri que l'han mossegat.
Encara hi ha esperança en la pàgina 266.

2) Deixes que tanquin la porta.

No podries suportar veure la teva mare fent mal a algú, i ella, tampoc. Ves a veure què li passa en la pàgina **38**.

La teva mare i tu us col·loqueu al costat de la porta, agafeu aire, us mireu per desitjar-vos sort i obriu sense fer soroll el forrellat. Doneu una ràpida ullada per veure on és el teu pare... i entreu.

La teva mare corre cap a la farmaciola a buscar el medicament; mentrestant, tu intentes dominar el teu pare sense matar-lo i sense que et mossegui, però és molt més complicat del previst. No t'atreveixes a deixar-lo inconscient, perquè no li vols fer mal, però acaba de recuperar el coneixement i deu tenir gana, i per a ell només ets una presa. No hi ha dubte.

El tros de fusta enorme que fas servir per mantenir-lo a distància es trenca de seguida a causa dels seus cops. Amb un bram, t'empeny contra la paret, disposat a clavar-te les dents a la carn. Aleshores, però, li parles; és l'única cosa que pots fer. Per més que l'empenyis amb totes les teves forces, amb l'energia de la desesperació, saps que no podràs aguantar gaire més temps. Obre i tanca la boca a pocs centímetres de la teva cara. Malgrat tot, proves de convèncer-te que encara hi ha alguna cosa del teu pare en ell.

—Papa! —crides—. Soc jo, l'Elijah! Sisplau, no ho facis! Deixa que et salvi. Deixa que, per una vegada, sigui jo el que m'ocupi de tu. Sisplau!

Les llàgrimes et comencen a rodolar per les galtes. El teu pare parpelleja; sembla desorientat. Aleshores et deixa anar i recula.

La teva mare aprofita per aplicar-li la crema de capsaïcina al clatell. De sobte, el teu pare titubeja i cau a terra, i tots dos us inclineu damunt seu, molt espantats. Volíeu curar-lo, no pas matar-lo!

—Què ha passat? —crides a la teva mare, que li palpa el coll per prendre-li el pols.

Durant els escassos segons en què la teva mare li busca el pols, et fa l'efecte que se t'ha aturat el cor.

—Està inconscient, però respira. Elijah, és viu!

Enhorabona!

Al cap d'uns dies...

La ciutat es recupera de la commoció. Gràcies a vosaltres, es va dur a terme un pla d'urgència per administrar capsaïcina a tots els ciutadans zombis i es va aturar l'epidèmia. De mica en mica, tothom va superant l'experiència viscuda; els teus pares, els primers.

En Nour i els seus pares van tornar ahir a la ciutat i es van alegrar molt de veure't. Aviat podràs tornar a l'escola i reprendre la teva vida d'abans. Si més no, això és el que diuen tots. En el fons, però, saps que ni ells mateixos no s'ho creuen. Després de l'aventura que has viscut, és impossible tornar a tenir una vida normal!

PER SOTA DE LA REIXA

En Nour s'estira al terra llardós i s'arrossega per sota de la reixa amb compte. Aguantant la respiració, li dones indicacions. Estàs a punt de cridar-li que vigili unes quantes vegades, però aconsegueixes dominar-te per evitar sobresaltar-lo. Al cap d'uns instants que et semblen una eternitat, en Nour arriba a l'altra banda i obre la porta.

—Molt bé, Nour! Has estat molt valent!

En Nour no podria estar més orgullós i somrient.

Et col·loques al davant i t'endinses al passadís que ascendeix a poc a poc i que cada vegada es fa més estret; tant, que acabeu anant de quatre grapes.

Per fi veieu la llum, per dir-ho d'alguna manera. Sortiu per un conducte de ventilació al límit del bosc. De sobte, però, caieu en un riu profund. Et gires cap a en Nour, que sembla molt espantat.

—Nour, què et passa?

—No sé nedar!

Mort de por, el noi lluita desesperadament, però es va enfonsant. T'hi acostes tan de pressa com pots. En Nour s'aferra a tu, cosa que fa que tu també t'enfonsis una mica. Nedes amb dificultat i, amb totes les teves forces, empenys en Nour cap a terra ferma. Ho has aconseguit, però tu t'has quedat sense forces i el corrent t'arrossega. Et quedes sense aire i ets incapaç de continuar nedant. La crisi d'asma ha arribat en el pitjor moment!

Just quan decideixes rendir-te, deixar-te arrossegar per l'aigua, atordit per la manca d'aire, algú et dona la mà i t'ajuda a sortir. Alleujat, alces el cap per donar les gràcies al teu salvador, però la desil·lusió és immediata. És un zombi! Així que toques terra, se't llança al damunt. En un darrer intent, fas força amb les cames i el fas caure a l'aigua. Tot seguit, treus l'inhalador i superes la crisi.

En Nour, agenollat al teu costat, no diu res. T'agradaria poder descansar una estona per recuperar-te, però és impossible. No teniu cap altre remei que continuar.

Tot està molt fosc i us envolten ombres deformes i sorolls molt estranys. Desconfieu de tot. Accediu a la zona residencial pel jardí d'una casa que dona al bosc, després d'enfilar-vos per una petita tanca. Travesseu uns quants jardins en direcció a la casa d'en Nour. Els zombis ronden per la ciutat i es passegen pels carrers a la recerca d'aliment. Podeu sentir-los perfectament i, a vegades, fins i tot us sembla que en veieu algun.

Finalment, arribeu a la casa d'en Nour. Al jardí de la casa del costat veieu un ancià que plora. Està inclinat sobre el cadàver d'una dona. Us hi acosteu i intenteu cridar l'atenció de l'home.

—Senyor, és perillós quedar-se aquí —li dius—. Vingui amb nosaltres.

Però just aleshores, es gira cap a vosaltres un zombi que furgava en el cubell de les escombraries més proper, alertat per les teves paraules. Es posa a riure i s'acosta ràpidament cap on us trobeu.

Què penses fer? Per una banda, has de protegir en Nour, i ja heu arribat a casa seva. No deixaràs que li passi res dolent… I, ara, encara menys! Però… deixaràs abandonat el pobre ancià?

1) **Entres a casa amb en Nour.**

– **Corre! Amaga't en la** **pàgina 80.**

2) **Obligues l'ancià a acompanyar-vos a casa.**

– **Si no, sempre et sentiràs culpable de no haver-lo ajudat.**
Ves cap a la pàgina 11.

FI?

T'ofegues. La temptació és gran. Penses en els teus pares. No estàs segur que encara estiguin vius. T'agradaria tant veure'ls una altra vegada... Potser encara podries viure amb ells, tot i que t'hagis transformat en zombi. Què els semblaria tenir un fill adolescent zombi? I si no et pots controlar? I si els mossegues?

No, no et pots arriscar a posar-los en perill, ni a ells ni la resta del món. T'has de sacrificar. No pots córrer el risc de posar-te a matar gent pel fet de no poder controlar la teva ràbia. Al cap i a la fi, ja has salvat els nens, i això és el que compta, oi?

—Gràcies per tot, Frank.

El teu amic s'ho pren com una invitació a mossegar-te, però l'allunyes de tu amb subtilesa. Tot seguit, es reincorpora i et posa una mà a l'espatlla. Malgrat que t'ha mentit ben bé fins al darrer moment, no li guardes rancor. En la seva mirada es percep una gran tristesa.

—Adeu!

Sents que el teu ésser t'abandona. T'envaeix una escalfor molt dolça i, alhora, el teu cos es refreda. Si més no, tens un amic a prop teu.

★ Fi.

O pots tornar a la pàgina 49 o viure una altra aventura.

CAP A LA URBANITZACIÓ

Aquí no hi ha ningú que et pugui veure, ningú que es pugui riure de tu pel fet de tenir una mica de por, de manera que no cal que et facis el valent. Així doncs, decideixes evitar el cementiri, que ja de per si mateix no és precisament agradable a plena llum del dia, i et dirigeixes cap a la urbanització!

Per fer-ho, t'has d'allunyar de la carretera i prendre una petita sendera entremig dels arbres. No està gaire il·luminada i, evidentment, no és gens acollidora, però no tens cap altre remei. Així doncs, emprens el camí accelerant el pas. La imprudència del conductor t'ha deixat una mica espantat i no estàs gens tranquil.

A mig camí, comences a sentir remor de passos. Només faltava això! Un testimoni de la teva tragèdia! Potser la teva desventura s'acabarà aquí. Ja era hora! De cop i volta, distingeixes entre les ombres dues siluetes que avancen cap a tu. T'hi acostes corrent i, quan les tens a tocar, no et pots contenir i crides:

—Atureu-vos! Necessito ajuda!

És estrany; sembla que els dos individus no t'han sentit. Que potser són sords? Esperes que reaccionin, perquè els necessites per poder trucar als teus pares.

—Ei! Soc aquí!

De sobte, els dos adults s'adonen de la teva presència i et miren fixament. T'hi acostes amb una certa cautela, tot i que no saps ben bé per què…, i descobreixes uns rostres terribles:

pell i cabells fantasmagòrics i ulls brillants, groguencs i embogits. No semblen humans. Un d'ells alça el braç cap a tu gemegant, com si volgués agafar-te per la jaqueta, atrapar-te i fins i tot devorar-te.

Aleshores, una saliva espessa i blanquinosa li comença a regalimar dels llavis. Quin horror! Semblen zombis!

Retrocedeixes unes quantes passes, poc disposat a acceptar la seva ajuda, ara. De tota manera, tampoc no sembla que tinguin intenció d'ajudar-te: una de les criatures es llança damunt teu de cop i volta i intenta mossegar-te. Per sort, aconsegueixes allunyar-lo de tu a l'instant i acaba caient a terra. De la mandíbula, esclafada contra l'asfalt, comença a rajar sang... verda!

Per primera vegada, no tens curiositat per saber més. Només vols fugir corrent. De sobte, però, l'altre zombi se't tira al damunt. Hauria de saber que no li convé atacar d'aquesta manera un karateka com tu. Li claves una d'aquelles puntades de peu precises que tant domines i aconsegueixes fugir in extremis, just abans que el teu atacant, que de seguida recupera l'equilibri, et pugui atrapar de nou. Comences a córrer a tota velocitat i t'adones que els teus rivals, tot i la seva agressivitat, són molt lents: tant l'un com l'altre intenten seguir-te, però es queden molt endarrere. Sort!

Et penses que estàs al·lucinant. Què ha passat? Zombis de veritat? És una invasió, com en la pel·lícula que acabes de veure? No t'ho pots creure, però una cosa és ben clara: aquelles criatures no eren humanes.

Quina nit de malson! Vas de problema en problema i cada vegada et trobes amb coses més estranyes. Podries seguir fins a la urbanització, que no és gaire lluny, però tens por de trobar-te amb un exèrcit d'aquells estranys zombis pel camí. D'altra banda, t'atreu la idea de refugiar-te al centre comunitari, ja que només es troba a uns quants metres. No podries suportar haver d'enfrontar-te amb més criatures acabades de sortir de l'infern. Què penses fer?

1) **Insisteixes a anar a la urbanització.**
   – **Al cap i a la fi, al centre comunitari hi pot entrar qualsevol. Refugia't en la pàgina 247.**

2) **Et refugies al centre comunitari.**
   – **Tots a cobert en la pàgina 90.**

COSMÈTICA CÀUSTICA

Has anat al centre lúdic moltes vegades i saps que els nens acostumen a deixar les joguines escampades pertot arreu; per tant, prefereixes evitar-lo. Si ensopeguessis amb alguna andròmina, els zombis us descobririen. Així doncs, travesseu la botiga de cosmètica fins a l'escala mecànica.

Quan estàs a punt de pujar els esglaons, sents un soroll i t'atures per intentar esbrinar-ne l'origen. Sembla una respiració forta, com d'algú que prova de recuperar la calma. Interrogues la Carla amb la mirada; ella també ho ha sentit i s'ha aturat. Aleshores, tots dos comenceu a examinar la botiga, entretancant els ulls per veure-hi més bé. Saps que et podrien descobrir, però tant te fa. T'estimes més veure amb quina salsa se't menjaran. Encens la llanterna, i en el que sembla el magatzem, trobes, arrupit, un treballador de la botiga que fa tots els possibles —en va— per romandre en silenci al seu petit amagatall. Fas un senyal a la Carla i tots dos us hi acosteu lentament. Només és un pobre home espantat que, quan us veu, intenta retrocedir. La Carla es posa un dit als llavis i tu xiuxiueges:

—No et volem fer cap mal.

L'individu observa la placa de seguretat de la Carla i assenteix a poc a poc. Una mica més tranquil, relata:

—Quan s'ha acabat la jornada, el director de la botiga ha tingut una discussió amb un client. Jo no he vist l'escena, però, quan ha tornat, estava canviat, amb la mirada perduda. I, al cap d'una estona, ha perdut el cap. Jo era en el meu temps de descans, al magatzem. Ha atacat els meus companys, però jo tenia tanta por que no m'he mogut d'aquí.

La Carla i tu us mireu: el client devia ser un zombi. Probablement ha mossegat el cap i llavors ha començat tot. Encara una mica avergonyit, l'empleat continua el seu relat:

—I després tot ha empitjorat encara més. Els meus companys han començat a mostrar-se agressius i jo m'he quedat aquí, tot i que ja s'havia acabat la meva pausa. I aleshores... han començat a atacar els clients. S'ha estès el pànic i tots han fugit corrent, però els meus companys els han perseguit. Llavors he aprofitat per trucar als vigilants, però no ha contestat ningú.

—I per què ets aquí, encara? —preguntes, amb una mica de recel.

—Estava abaixant la reixa i de sobte se n'ha anat la llum. És impossible sortir del centre comercial. I després he sentit uns sorolls estranys, i fins he vist un dels meus companys passar per aquí davant fa una estona. Llavors he preferit quedar-me amagat.

Assenteixes; té sentit. Amb tot, una cosa és segura: aquest home no es pot quedar aquí sol.

—Vols venir amb nosaltres? —proposes.

Veus que dubta, però acaba acceptant, ja que no li ve gens de gust passar la nit tot sol i amb la reixa oberta de bat a bat. Immediatament, us dirigiu cap a les escales mecàniques. De sobte, la claror de la lluna il·lumina el vostre nou company: té els cabells blancs i una petita cicatriu a la cara... Amb sang verda! La marca dels zombis!

Que estrany! No sembla un individu agressiu, cosa que no li impedeix de mirar la Carla amb avidesa.

Dirigeixes la mà cap a la pistola elèctrica, igual que un vaquer abans d'un duel, i intentes atreure la mirada de la teva amiga. La Carla alça una cella, interrogadora i inquieta, i desvia la seva atenció del mort vivent, que sembla que no es pot dominar més i se li acosta, bavejant. Està a punt de mossegar-la!

Sense pensar-t'ho, agafes la pistola elèctrica i intentes llançar-li una descàrrega, però l'arma s'ha quedat sense bateria. El zombi, furiós, es gira cap a tu, disposat a atacar-te. Per sort, en el darrer moment, aconsegueixes agafar una ampolleta de perfum i la llances a la cara del monstre. El zombi, desestabilitzat, recula unes quantes passes, moment que aprofites per proveir-te de més ampolletes i avisar la teva amiga.

—És un zombi! —crides a la Carla.

Aleshores la teva companya treu la pistola elèctrica, disposada a intervenir-hi. Però, així que avança cap a l'enemic, tu li rebentes una ampolleta de Chanel número 5 al crani. L'has tocat de ple al cap i la sang verda li brolla a borbolls. El zombi deixa de bellugar-se i la Carla ni tan sols hi ha hagut d'intervenir.

Pugeu els esglaons a tota velocitat i arribeu al pis superior. El que hi descobriu, però, no us tranquil·litza en absolut. La porta de la sortida d'emergència que condueix al terrat està oberta de bat a bat i a l'exterior se senten uns sorolls que semblen passos de zombis. Quina mala sort! És l'única sortida! Què fareu ara?

Vols anar al terrat tant sí com no, tot i que saps que podeu trobar-vos amb zombis? O t'estimes més renunciar al pla inicial?

1) Intenteu el tot pel tot.

– No heu arribat fins aquí en va. Aneu a la pàgina 146.

2) Val més que renuncieu al pla inicial. Trieu evitar el terrat.

– Una passa endavant i tres endarrere. Heu caigut en la casella 267.

LA PUJADA DE LA MORT

Saltar damunt l'ascensor? No t'hi veus amb cor, i el sol fet de pensar-ho et paralitza. Amb tot, no et pots permetre aquest luxe. Us heu d'afanyar a arribar al terrat. La Carla, que continua ascendint, intenta motivar-te

—Afanya't, Elijah! —et crida, per compensar el soroll angoixant de l'ascensor—. T'asseguro que tenim temps d'arribar al maleït terrat —afirma.

Respires fondo i t'aferres encara amb més força al cable pel qual ascendeixes. Fent cas omís de la corda metàl·lica que t'enceta els dits, redobles els esforços per avançar encara més de pressa. No vas pas tan malament. Cada cop ho fas més bé i ja entreveus l'accés al terrat.

De sobte, l'ascensor s'atura dues plantes per sota de vosaltres, i la Carla i tu interrompeu l'ascens. Aleshores us mireu i esclateu a riure amb grans riallades. És evident que no ha passat res divertit, però sentiu un gran alleujament. Recorreu els metres que falten sense pressa. De sobte, l'ascensor s'engega una altra vegada. Afanyeu-vos! Malgrat els esforços, no sou prou ràpids i no arribeu al terrat a temps.

Quina llàstima...!

Avui no pensaves acabar fet xixines, però pots tornar a començar o retornar a la pàgina 156.

LA VIA AQUÀTICA

Reculls el tros de fusta. És gruixut i llarg, però, alhora, força lleuger. El trajecte és curt; us hauria d'anar bé. De tota manera, no teniu cap altra opció.

Demanes a en Nour que es col·loqui davant teu. Esteu agenollats damunt la fusta, que flota. Remeu suaument amb les mans i deixeu enrere la reixa. Quan arribeu a l'altura del passadís, amb una mà t'aferres a un barrot i amb l'altra remes per pivotar.

Ja sou a l'altra banda i només us falta tornar a terra ferma.

Entusiasmats, remeu cada vegada amb més força, més ràpid. L'aigua es comença a agitar; primer, lleugerament, i després, cada vegada amb més violència i velocitat. La fusta tremola i us hi heu d'aferrar, però acabeu caient a l'aigua. Intentes surar, però notes que alguna cosa se t'embolica delicadament al turmell. Una alga, potser?

De cop i volta, aquella cosa et subjecta la cama i t'arrossega amb violència cap a les profunditats. Crides, però l'aigua ofega qualsevol so. De sobte, torna la calma.

Ui!

Retorna a la pàgina 270 o intenta tornar a començar l'aventura.

AMB COTXE

T'acabes resignant i puges al cotxe. No tenies cap altra opció. S'han ofert a acompanyar-te, i no pots rebutjar l'oferiment.

Estàs sol al seient del darrere: l'apoteosi d'una cita que no ha tingut res de romàntica, malgrat el que vaticinaven els teus companys de classe. Per culpa del soroll del motor, no pots sentir bé les preguntes amb què el pare de la Cassandra intenta relaxar la tensió que regna a l'ambient.

—Us ha agradat la pel·lícula? —pregunta.

—Sí, sí.

Ni tan sols tens temps d'obrir la boca: la ràpida resposta de la Cassandra és definitiva. La resta del trajecte transcorre en un silenci incòmode que sembla sorprendre el pare de la Cassandra, tan cortès que no gosa comentar res. T'aclofes al seient i observes el paisatge nocturn.

Et rescata del teu somieig l'estrany parpelleig dels fanals que il·luminen la carretera, que fan pampallugues durant uns segons i s'acaben apagant. Arrufes el front i et redreces al seient. La situació cada cop és més estranya. El pare de la Cassandra llança un improperi abans de deixar anar un discurs contra els serveis municipals.

T'aferres al seient de la Cassandra, que s'ha inclinat cap endavant per veure-hi més bé. Malgrat la foscor, observes que surt una mica de fum del capó del cotxe. No cal ser mecànic per saber que això no és normal. El motor fa una remor estranya, rondina, i el cotxe s'atura.

—No pot ser!

Aquesta vegada, el pare de la Cassandra està furiós de veritat. Surt del vehicle enmig de nous improperis. Però si acaba de canviar la bateria! Una llum intensa t'enlluerna i veus que el cos de la Cassandra s'enrigideix encara més al seient del copilot.

Intentes relaxar l'ambient.

—És com en una pel·lícula d'extraterrestres. Ara ens abduiran —dius enmig de rialles.

La Cassandra es gira i et dirigeix un somriure nerviós. I, de sobte, sense saber per què, alguna cosa et dona un cop molt fort al cap i tot es torna fosc.

Et despertes dins el cotxe, que està cap per avall. Tens molt mal de cap.

—Cassandra? Senyor Emèra? —crides.

No respon ningú. Els seients del davant estan buits i les portes, obertes. Com ha arribat fins aquí, el cotxe? Et descordes el cinturó amb compte de no caure de cap. Les portes del darrere estan bloquejades. Probablement, el pare de la Cassandra deu haver deixat activat el sistema de seguretat infantil. No tens més remei que intentar sortir per les portes del davant.

Un cop a l'exterior, la frescor de l'aire nocturn se t'aferra a la gola. Gairebé havies oblidat que l'estiu ja s'ha acabat, i ara et penedeixes de no haver agafat cap jersei.

Un cop et refàs una mica, mires al teu voltant. És evident que estàs perdut enmig del no-res, en plena foscor, al costat d'una carretera d'aquelles que fan eriçar els cabells. Fantàstic! Ni rastre de la Cassandra ni del seu pare. Tornes al cotxe i busques el mòbil gatejant pel sostre. On s'han ficat? Se'ls deu haver emportat una ambulància? I, en cas que hagi estat així, per què t'han deixat sol? La situació no fa gaire bona espina.

Al cap d'uns minuts d'una recerca cada vegada més frenètica, arribes a una conclusió inquietant: el mòbil també ha desaparegut. No pot ser! Sembla una pel·lícula d'aquelles tan dolentes...

No tens gaires opcions. Et pots quedar aquí i esperar que tornin la Cassandra i el seu pare, que probablement han anat a demanar ajuda. Segurament aviat et vindrà a buscar una ambulància. La realitat, però, és que t'estàs quedant glaçat i no se sent cap sirena. Potser el més intel·ligent és que vagis cap a la ciutat a buscar ajuda.

1) **T'esperes al costat del cotxe.**
– **No estàs del tot segur, però... i si torna la Cassandra en la pàgina 46?**

2) **Vas cap a la ciutat.**
– **Ja fa cinc minuts que t'esperes i encara no ha passat cap cotxe. Au, vinga, ves cap a la pàgina 100.**

UN DARRER ESFORÇ

Arrenques a córrer tan de pressa com pots, amb totes les teves forces, però ja no et queda energia i et falta la respiració. Malgrat el teu esforç, la porta es tanca davant teu.

La policia arriba. T'arresta immediatament i t'obliga a deixar anar l'arma. Crides a la família d'en Nour, que es troba a l'altra banda de la reixa:

—Marxeu!

Et fan pujar en un furgó i tanquen la porta. Tot i que estàs sumit en la foscor, t'adones que estàs acompanyat d'un home que respira cada vegada més fort i que fa moviments estranys. Davant el dubte, entretanques els ulls per poder veure-hi enmig de les tenebres. El desconegut no et treu els ulls de sobre mentre obre i tanca la boca. S'està convertint en zombi! Crida tant com vulguis, que ningú no et sentirà.

Mala sort!

Però ho pots intentar un cop més en la pàgina 11.

o pots tornar a començar l'aventura des del principi.

Ready?

LA CLAVEGUERA

Agafes en Nour per la mà i us dirigiu cap a la boca de la claveguera. L'ajudes a baixar i, un cop dins, tanques la tapa. Damunt vostre sents el grup de zombis, que acaba d'arribar.

Un cop al subsol, avanceu per les clavegueres, sumides en la foscor. Tu camines una mica encongit, i en Nour, mort de por, no et deixa anar el braç. Sents sorolls com de baralla damunt vostre. Heu fet bé de baixar. Aviat, però, l'únic soroll que perceps és el xipolleig de l'aigua nauseabunda. Heu baixat tan avall que no us arriba la fressa de l'exterior.

El passadís és més alt cada vegada, i ara ja pots caminar ben dret. Avanceu amb els peus a l'aigua, zigzaguejant entremig de residus.

De sobte, sents una remor estranya darrere teu, com una mena de grunyit. T'atures i l'aigua que et cobreix els peus s'enterboleix de sobte. Alguna cosa es belluga; una cosa que us acompanya al subsol.

Una rata. Segurament és una rata. Tota aquesta aventura t'ha fet tornar paranoic. De sobte, distingeixes dos enormes ulls verds que t'observen fixament des de la penombra.

—No et moguis —dius a en Nour.

La bèstia surt de les tenebres. És un cocodril gegantí! I sembla que també s'ha convertit en zombi. No pot ser! Què fa aquí? I, sobretot, com s'ha pogut convertir en zombi?

L'animal et mira fixament i de cop i volta s'abraona damunt teu. T'ajups i agafes el primer que trobes per llançar-ho al monstre. Li apuntes directament al cap amb... un kebab podrit. Esteu perduts! És evident que no aturareu un cocodril amb una arma que deixa anar salsa picant.

El kebab aterra ben bé a la gargamella de la bèstia i la salsa t'esquitxa quan l'animal tanca la mandíbula. De sobte, el cocodril s'atura i comença a tremolar. Els ulls se li enfosqueixen i sembla que ja perd l'interès per vosaltres.

No t'ho pots creure! Què acaba de passar?

No és un bon moment per fer preguntes, però. Aprofiteu per fugir pel passadís que teniu més a prop i aneu a parar a una bifurcació. Davant teu es presenten dos passadissos; el de la dreta té un lleuger pendent ascendent, mentre que el de l'esquerra sembla que baixa. Quin tries?

1) **El passadís de la dreta:** – puja a la pàgina 128.

2) **El passadís de l'esquerra:** – baixa a la pàgina 270.

A LA FARMÀCIA

Travesses els carrers a correcuita i entres de cop a la farmàcia de guàrdia. L'amo de l'establiment està ajupit darrere el taulell. Quina sort! Et podrà ajudar!

L'home de la bata blanca s'incorpora, amb la boca plena de comprimits de tots colors; tants, que li cauen a terra. En treu uns quants més de l'envàs i se'ls empassa.

Observes que té grans marques de mossegades al coll. El deu haver atacat un zombi i s'està transformant. Aleshores s'adona de la teva presència i es dirigeix a tu.

—Elijah, estic bé, no et preocupis. Tinc tots els medicaments necessaris per eliminar el virus.

—Llavors, saps tot això de la capsaïcina?

—La capsa què?

Massa tard. És evident que el farmacèutic no s'ha pres els medicaments indicats. Se t'acosta, ja transformat en zombi. Està sobreexcitat, com si estigués drogat. Potser és un efecte secundari dels medicaments que s'acaba de prendre.

Aprofites un moment de distracció per situar-te darrere el taulell i buscar els medicaments adequats per salvar-lo. I també per salvar el teu pare i tota la ciutat.

—No pots passar a l'altra banda del taulell. Quantes vegades t'ho haig de repetir?

Restes glaçat. La veu ha sonat just darrere teu.

Amb el pols accelerat, fas un salt per agafar el medicament correcte, que acabes de veure a dalt de tot de la prestatgeria.

El pot et rellisca de les mans i de sobte el farmacèutic se't tira al damunt amb la boca oberta de bat a bat.

Quina llàstima!

Però pots retornar a la pàgina 70
o tornar a començar l'aventura.

PASTURA DE LES FLAMES

Per més que intentis convèncer-te que potser és un parany, no pots deixar morir algú d'aquesta manera sense fer res. Demanes al nen més gran que vigili els seus amics i li fas prometre que no es mourà d'on és en cap cas. Et poses dempeus i et dirigeixes cap a la casa incendiada. Els darrers metres són els més perillosos. La calor és infernal i et costa molt avançar. Així que poses la mà al pom de la porta, l'enretires de seguida tot sacsejant-la. Com crema! Recules, dubitatiu, però finalment optes per agafar l'estora de terra i servir-te'n per fer girar el pom sense cremar-te de nou. Has aconseguit obrir la porta!

A l'interior, hi ha un fum molt dens que t'impedeix de veure res. No estàs segur de voler entrar. Sent asmàtic, corres el risc d'ofegar-te, oi? Un fum molt negre es filtra per sota de la porta i t'encega. Et ve un atac de tos que, per sort, et passa de seguida. De sobte, una silueta sorgeix d'entremig de les flames i se t'acosta. És una dona. I, gràcies a la claror del foc, acabes entenent la situació: és una zombi.

Malgrat tot, no sembla que et vulgui atacar i porta en braços el cos inconscient d'un home encara humà. Sembla que està al límit de les seves forces, però aconsegueix treure l'home de l'incendi abans de desplomar-se. L'individu, que acaba de recuperar el coneixement, es recolza en tu i l'ajudes a allunyar-se de l'escena. Una zombi ha rescatat un humà! És possible que hi hagi morts vivents amb sentiments?

La zombi us observa amb un somriure amarg mentre us allunyeu de les flames. Hi ha quelcom indefinible als seus ulls grocs que, inexplicablement, t'omple d'una gran tristesa. No us segueix. Deu haver esgotat les seves últimes reserves d'energia per rescatar l'home, que és incapaç de deixar de mirar-la.

Aleshores se us acosta la banda d'en Billy, amb les armes a la mà; acaben de sortir victoriosos de la batalla.

En aquest mateix moment, creix la flamarada. El foc arriba fins al pati de la casa i abraça el cos de la zombi, a terra. La dona ni tan sols crida. Resignada a la seva sort, es deixa devorar per les flames, fins que ja no distingeixes el seu rostre. L'escena provoca la burla d'en Billy.

—Ves per on! Sembla que els zombis també es cremen. Interessant.

La tropa es fa càrrec de l'home, que, encara impactat, no comenta res sobre l'estirabot d'en Billy. Qui era la zombi que acaba de salvar-li la vida a canvi de la seva? La seva dona? La seva germana? O la seva amiga? En tot cas, l'únic que perceps als seus ulls és una gran pena.

Repreneu el camí en un silenci sepulcral. En Billy sembla que ha entès per casualitat que les seves paraules han estat inoportunes. Estàs convençut que no dubtaria a armar-se amb un llançaflames per tenir a ratlla els zombis. De tota manera, tot i que ha posat una arma a les mans del nouvingut, almenys té un mínim de respecte per la seva pena. Llances una mirada de compassió al supervivent de les flames, que et respon amb un somriure amarg.

Al cap d'una estona, arribeu al centre d'ajuda d'emergència. Per fi ets en un lloc segur. Si la sort et somriu, potser podràs tornar a veure els teus pares. Però, mentre espereu el torn per entrar, un grup d'adults tanca la reixa de la fàbrica amb una cadena metàl·lica molt gruixuda.

—Espereu! —crida en Billy—. Portem nens! Deixeu-los entrar!

Però els supervivents semblen poc disposats a ajudar-vos.

—És massa tard —afirma un d'ells, nerviós—. No podem posar en perill la vida de les nostres famílies. Els zombis venen cap aquí i ja deuen estar a punt d'arribar. Aquí també hi ha nens. Ho sento.

Que ho sent? No pot ser! No us poden abandonar d'aquesta manera! Després de donar una ullada al teu voltant, observes que s'acosta un exèrcit de zombis. Els sentinelles de la fàbrica deuen haver alertat els seus responsables. La banda d'en Billy, que ignora el perill, s'embranca en una violenta disputa amb el grupet que acaba de tancar la fàbrica. Si poguessin, arribarien a les mans. Això va de mal en pitjor: humans amb ganes de brega a pocs metres d'uns zombis que venen a devorar-los. Déu-n'hi-do!

—Pareu! —intentes raonar—. Venen zombis! Val més que ens barallem amb ells!

Per desgràcia, no t'escolta ningú. Els adults, furiosos, no paren de barallar-se a través de la reixa en comptes de fer cas de l'amenaça. Què pots fer? De sobte, notes que t'estiren pel braç. És en Frank! Ha tornat!

—M'he penedit d'haver-te deixat —reconeix—. Aquell motard no m'inspirava gaire confiança.

Aleshores, el teu amic observa l'escena delirant que té lloc davant seu.

—I sembla que no anava del tot errat. Corre, toquem el dos!

—Espera! —respons—. No podem deixar els nens aquí.

Pots triar entre ajudar els nens a accedir a la fàbrica o emportar-vos-els amb vosaltres en la vostra fugida sense perdre més temps. Què tries?

1) **Ajudes els nens a entrar a la fàbrica.**
- **No pots perdre més temps. Corre cap a la pàgina 49.**

2) **Fugiu amb els nens.**
- **Afanya't, ves cap a la pàgina 284.**

LA LLUNA

Agafes en Nour per la mà i l'estires amb força per endinsar-vos al fosc passadís. No veieu per on aneu i us entrebanqueu cada dos per tres. De sobte, notes una estrebada. En Nour acaba de caure. L'ajudes a aixecar-se i te'l carregues a collibè. Mentre t'assegures que se t'agafa bé, la mà gèlida d'un esquelet et toca el braç. Sense pensar-t'ho dues vegades, arrenques a córrer abans que tingui temps d'aferrar-se a tu.

La dringadissa dels ossos en xocar entre si cada vegada és més forta, més propera. Quan arribes al final del túnel, trobes una porta reixada. Deixes en Nour a terra i entre tots dos l'estireu amb totes les vostres forces, però la porta pràcticament no es mou i no podeu passar a l'altra banda. No està tancada amb clau, però; només està encallada.

Els esquelets es van acostant. Mira que si t'has equivocat... T'estimes més no pensar-hi.

Tots dos us arrambeu tant com podeu a la reixa, sota la claror de la lluna. De cop i volta, els esquelets s'abalancen sobre vosaltres i... es desplomen tots, un per un. Uf! Us ha vingut d'un pèl!

Finalment, aconseguiu sortir.

Ara us trobeu al centre de la ciutat, on regnen la violència i el caos més absoluts. Des que heu baixat a les clavegueres, han passat moltes coses. Pertot arreu hi ha zombis atacant els veïns. Famílies senceres fugen amb cotxe, carregades d'equipatge, i llargues cues de vehicles s'amunteguen als afores de la localitat, on els esperen els morts vivents, disposats a delectar-se amb la carn dels fugitius.

En Nour es posa a plorar, convençut que no tornarà a veure els seus pares mai més. T'agradaria consolar-lo, dir-li que tot anirà bé, però, amb tot el que has viscut, aquesta visió de malson et sobrepassa. Ara et toca a tu entrar en pànic. Et falta l'aire i et costa respirar. Estàs patint una forta crisi d'asma.

Has passat pel supermercat vint-i-quatre hores, abans?

1) Sí: magnífic! Ves cap a la pàgina 144.
2) No: d'acord, doncs continua en la pàgina 107.

AL CAMÍ D'EN JULES

Ja en tens prou! No t'importa córrer riscos, excepte el de ser mossegat pel teu aliat. T'estimes més no concedir a en Frank l'oportunitat de deixar pas als seus instints de depredador, ja que en un moment de debilitat et podria devorar de cap a peus. Llàstima! De fet, formàveu un bon equip.

—Ho sento, Frank —et limites a dir.

I, sense acomiadar-te, baixes a tot córrer pel bosc en direcció a la ciutat. En Frank no et segueix.

Coneixes bé el bosc de Vilamort. Si fas drecera per la clariana de les falgueres, arribaràs abans al centre. La veritat és que estàs totalment decidit a continuar la investigació tu sol, però, per fer-ho, has d'aclarir les paraules d'en Frank. Així doncs, et dirigeixes a l'oficina del diari local. Allà hauries de trobar alguna informació valuosa per avançar en la teva aventura.

Quan t'acostes al límit del bosc, sents una remor entremig dels arbres, a només unes quantes passes. T'atures i pares l'orella. De sobte, però, torna el silenci. Probablement, no ha estat res. Les teves desgràcies t'han deixat massa tens. Reprens el camí i tornes a sentir el soroll. Aleshores t'atures de nou. El mateix joc es repeteix unes quantes vegades, fins que a la fi en descobreixes la procedència. A la branca d'un arbre, una família d'esquirols et contempla amb un posat de sorpresa.

Quina ficada de pota! Els agressors que tant temies només són cinc petits rosegadors adorables. T'acostes a l'arbre per observar-los. De sobte, t'adones, amb estupor, que tenen els ulls verds i brillants. Quin horror! Entusiasmats pel fet de tenir-te tan a prop, els animals se't tiren a sobre, i també s'hi afegeix una desena més d'esquirols malèfics. Encegat i desestabilitzat, caus cap enrere. Com pot ser que t'hagis pogut escapar d'uns zombis furiosos i ara estiguis a punt d'acabar entre les urpes d'una monada de petits monstres? Quina vergonya!

Comences a notar les esgarrapades dels animals, però, de cop i volta, sents una explosió. Els ocells arrenquen el vol, espantats, igual que els teus diminuts atacants, que fugen corrent. Només dos esquirols temeraris resten aferrats als teus cabells, però un misteriós salvador ja s'encarrega de fer-los fora.

Tornes a obrir els ulls per contemplar una mà estesa cap a tu. És en Jules, el més estudiós de la classe, i fill d'un professor! Mai no li has caigut bé; de fet, és recíproc. Has de reconèixer que mai no has estat amable amb ell. Fins i tot t'has burlat d'ell davant de tothom un parell de vegades, mentre feia esport. Quina vergonya! I avui és ell qui t'ha salvat la pell. Què fa al bosc, en plena nit, amb una fila digna del darrer supervivent?

En Jules no et deixa temps per preguntar res.

—Hauries d'anar amb compte. El bosc és perillós —es limita a dir—. Jo no em puc quedar aquí per protegir-te. Tinc coses a fer.

I, tot seguit, en Jules desapareix pel bosc com un *cowboy* solitari.

*

Deixes a la teva esquena els darrers arbres i finalment arribes al centre de la ciutat. Encara no t'ho pots creure: en Jules! En Jules l'escanyolit, armat fins a les dents! T'has de centrar, però, perquè el que descobreixes ara mateix et glaça la sang: el virus deu haver arribat a la ciutat, tal com temia en Frank. Crits, gent espantada, incendis… i zombis que causen estralls per tota la ciutat.

Com arribaràs al diari, entremig d'aquest caos? A més, encara falta un bon tros per arribar a les oficines, i el temps corre de pressa. Examines el que tens al teu voltant. Veus un monopatí abandonat al costat d'una casa. Perfecte! Saps anar amb monopatí. Però, ben bé al costat, també hi ha un ciclomotor, que encara és més ràpid. Què tries?

1) Puges al monopatí.

– I, hop!, rumb a la pàgina 289.

2) Puges al ciclomotor.

– Puges al ciclomotor. *Ready?*
Doncs ves cap a la pàgina 56.

A L'AJUNTAMENT

Ja se sap que la millor defensa és un bon atac. Si utilitzeu un autobús per anar recollint els supervivents pel camí, només podreu salvar un nombre limitat de persones. Quantes n'haureu de deixar enrere? Ets incapaç de prendre una decisió com aquesta.

Has viscut aquí tota la vida. Potser Vilamort no és la millor ciutat del món, però en coneixes els habitants i no es mereixen una cosa així. Contemples la Carla, que també sembla tan decidida com tu. No cal dir res. Saps molt bé que ni ella ni tu lliurareu la vostra ciutat als zombis. La reconquerireu!

—Au, Elijah, segueix-me —xiuxiueja—. Tinc el ciclomotor aparcat aquí al costat.

—D'acord.

Mentre segueixes la teva amiga, et planteges si a l'aparcament podries trobar alguna cosa amb la qual poguessis armar-te, ja que la ciutat serà perillosa. Precisament, veus una llarga barra de ferro abandonada a prop d'un cotxe. Amb això ja en tindràs prou. La reculls i, tot seguit, puges al ciclomotor, darrere la Carla, que ja ha arrencat el petit vehicle.

—Sort que no has perdut les claus. No em venia gens de gust tornar a entrar allà a buscar-les.

—Ets un ximplet! —t'etziba la Carla, sense poder contenir una rialleta nerviosa.

Cap a la ciutat a tot gas!

De camí cap a l'ajuntament, passeu molt a prop d'una zona residencial. Per desgràcia, et crida l'atenció un soroll de baralla. Un zombi està atacant dos homes, que sembla que es troben en males condicions; probablement, estan ferits. El mort vivent els devorarà d'un moment a l'altre. Des d'on sou tu i la Carla, no hi ha manera de saber si ja els ha clavat una mossegada com a aperitiu i si algun d'ells o tots dos ja s'han contagiat.

Per primera vegada, la Carla no sembla gaire segura d'ella mateixa i no té clar si ha de continuar donant gas a fons en direcció a l'ajuntament i ignorar les dues víctimes. A fer punyetes el perill!

—Acosta-t'hi! De pressa! —crides a la teva amiga, per compensar el soroll del vent.

La Carla et fa cas i accelera, tot fent rugir el motor del vehicle. Quan arribeu a l'altura del zombi, agafes la barra de ferro i li claves un fort cop al cap. El mort vivent es desploma. Ben jugat! Els dos individus arrenquen a córrer. Tu els concedeixes la presumpció d'innocència i deixes que se'n vagin. Quant de temps cal per transformar-se?

Al cap d'uns minuts, i un cop t'has desempallegat de dos zombis més, arribeu al pati de l'ajuntament. Després d'una magnífica derrapada controlada (o no, és difícil de dir) per part de la Carla, us afanyeu a baixar del ciclomotor i correu cap a l'entrada.

—Ui... No hi podem entrar —dius amb un gest de disgust, en adonar-te que l'edifici està tancat amb clau des de dins.

És probable que el personal s'hagi volgut protegir. Efectivament, totes les finestres estan tapades i protegides amb mobles i, també, amb trossos de fusta clavats als marcs, per impedir l'accés als intrusos.

Què penseu fer? Als carrers de la ciutat, no s'aturen els sorolls dels atacs ni els crits de pànic. Heu d'afanyar-vos a trobar una solució.

Et prens el teu temps per observar amb atenció l'edifici. Hi ha d'haver algun accés. Aleshores et fixes en una finestra del tercer pis que està menys protegida que les altres. Es deuen haver precipitat a l'hora de clavar la fusta que la cobreix. És la vostra oportunitat d'accedir a l'edifici.

Però com pujareu al tercer pis des de l'exterior?

Podríeu enfilar-vos pel baixant. L'inconvenient és que és molt perillós i, si caus, no t'aixecaràs mai més.

Mires al teu voltant i observes el material que han deixat abandonat els jardiners. Pobres! Els devien atacar mentre treballaven i es van deixar l'elevador elèctric al mig del pati, amb la clau al contacte. I, per les taques de color vermell fosc que hi ha al vidre de la cabina, no cal gaire imaginació per saber què deu haver passat.

L'elevador elèctric sembla la solució menys perillosa. De tota manera, la Carla s'hauria de quedar a terra per arrencar el vehicle i fer anar el braç mecànic per alçar-te fins a la tercera planta. Per tant, hi hauries de pujar tot sol.

Quina solució escolliràs? Afanya't a triar. No estareu sols gaire temps.

1) Enfilar-vos tots dos pel baixant.

– Què trobareu en la pàgina 92?

2) Pujar tot sol a l'elevador dels jardiners.

– Ves a veure què t'espera en la pàgina 280.

ET QUEDES AL COTXE

De moment, decideixes quedar-te al cotxe. És el més sensat. Si has de ser franc, no estàs gaire segur del que has vist. De lluny, podria haver estat qualsevol.

Sents sorolls violents a la carrosseria. Un dels zombis del sostre ha aconseguit aferrar-se als baixos del cotxe i acaba de sortir. Aleshores fa miques el vidre i se't llança al damunt abans que puguis reaccionar.

Quin error!

Torna a la pàgina 182.

LA SENDERA

Tot i que a través dels camps arribaríeu abans a la fàbrica abandonada, no et pots permetre cometre cap error i prefereixes no córrer riscos. Els nens, exposats al perill sense cap possibilitat d'amagar-se, no es podrien escapar en cas d'atac. I és que estàs pràcticament segur que els atacs encara no s'han acabat. Aleshores decideixes alçar la veu:

—Escolteu-me! —crides al grup, en plena discòrdia—. Conec aquesta ciutat de cap a cap, hi he viscut sempre, i el millor camí és la sendera —afirmes amb tanta autoritat com t'és possible.

—Quina bestiesa! —es burla un dels adults—. La sendera és un trajecte més llarg. Arribarem abans a la fàbrica si passem pels carrers de vianants —continua.

—És possible —reconeixes—, però els nens es podrien amagar més bé a la sendera —repliques.

L'individu resta en silenci. L'has fet callar de cop. En Billy et dona suport.

—L'Elijah té raó. Hem de pensar en les criatures. Si discutim, és per ells. És molt important que arribin al centre d'emergències sans i estalvis.

A la fi, el grup assenteix amb un gest d'acceptació.

Tot seguit, agafeu la sendera. La tranquil·litat, però, amb prou feines dura uns minuts. Aviat succeeix el que temies: l'atac d'un nou exèrcit de zombis. Els adults, no gaire més sorpresos que tu, de seguida treuen les armes. Tu també empunyes el ganivet en sentir un soroll darrere vostre. Un altre grup de zombis acaba d'arribar per l'altra banda. Esteu envoltats! A més, les parets abruptes que hi ha als dos costats de la sendera de terra semblen molt difícils d'escalar. Els dos nens més petits del vostre grup de protegits ho tindran molt difícil. Respires fondo per tranquil·litzar-te; has de mantenir la concentració. De sobte, t'adones amb horror que els nens encara són al camí, morts de por.

—Amagueu-vos! —crides, horroritzat, en veure'ls al mig del camp de batalla.

Els nens, arrossegats pel més gran, s'oculten darrere els arbustos, a poca distància d'on sou vosaltres. Per desgràcia, però, tornen de seguida. Darrere els arbustos ja s'hi amagaven uns quants morts vivents. Els nens, envoltats de zombis, no saben on anar. I, pel que fa a vosaltres, us envaeix una onada de morts vivents furiosos. No us en sortireu pas.

Aquí no hi ha Control + Z? Llàstima!

Però pots tornar sobre els teus passos o començar la història de nou.

EL CENTRE LÚDIC

Els teus pares solen anar a la botiga de cosmètica. Tu, en canvi, has passat moltes hores al centre lúdic, de manera que el coneixes com si fos casa teva. A més, de tant en tant, encara et ve de gust passar per allà, quan estàs segur que no et trobaràs amb cap conegut. Quina vergonya si els teus companys de classe t'hi veiessin!

—Anem al centre lúdic —decideixes—. Així tots dos estarem en terreny conegut.

Travesseu ràpidament la primera planta del local, que sembla buit, i pugeu per les escales mecàniques, sempre alerta. Un cop arribeu al segon pis, us dirigiu precipitadament cap a la sortida. De sobte, sentiu remor de pilotes, i rialles, també. Rialles?

Et gires i veus sis nens que estan jugant, molt contents, a la piscina de boles. Tots porten barrets de cartó. Oh, és un aniversari! Aleshores arrufes el front. En plena nit i sense vigilància? No hi ha res més tètric que un centre comercial immers en la foscor. Què hi fan, aquests nens, aquí? Però... què és això?

La veritat és que no tens cap motiu per tranquil·litzar-te. De sobte, tot i la foscor, t'adones que tenen els cabells blancs i la roba tacada. I llavors et venen nàusees. En una pel·lícula de terror, què hi pot haver que sigui pitjor que els zombis? Doncs nens zombis! I si els ha mossegat algun dels vigilants de la zona de jocs?

De tota manera, sembla que el grupet no us ha sentit. Està massa ocupat llançant-se boles. Quina sort! Haureu de ser molt discrets, però. No tens cap intenció d'atacar-los, per més zombis que siguin.

La Carla i tu us mireu amb inquietud abans de continuar endavant sigil·losament. Voregeu la piscina de boles i us acosteu a la porta. En un moment de distracció, però, dones una puntada de peu sense voler a una bola que s'interposava en el teu camí. La Carla s'atura i et mira amb serietat. No saps què fer, però esperes que la teva manca de destresa passi inadvertida.

Per desgràcia, la bola acaba el seu trajecte xocant contra una paret de vidre i la fressa del cop crida l'atenció d'un dels nens, que de sobte arrenca a córrer cap a vosaltres. Sembla que aquests vailets són molt més ràpids que els zombis adults. Fent gala d'una velocitat increïble, el nen de seguida es planta al vostre costat. Estàs tan confós que no t'adones que t'agafa pel peu. De sobte, t'entrebanques i caus a la piscina de boles.

De cop i volta, et veus submergit en un mar de petites boles multicolors. Els altres minizombis s'afanyen a anar a fer companyia al seu amic. La Carla s'inclina sobre la piscina per intentar estirar el nen que se t'arrapa a la cama, però no ho aconsegueix. Les boles et fan nosa, però fas tots els possibles per girar-te i intentar arribar fins a la vora de la piscina. Finalment, pots apartar de tu els petits i aconsegueixes aferrar-te a la mà de la Carla, que et subjecta amb força i t'estira per treure't de la piscina. Així que surts de la piscina, de cop i volta, els nens se us llancen al damunt emetent uns sons inquietants. Uns quants us salten a l'esquena i es neguen a deixar-vos anar.

Per més que corres per intentar fugir, no aconsegueixes desempallegar-te dels nanos. Els altres, a terra, us empaiten i fins i tot us avancen per barrar-vos el pas. Heu de canviar de direcció. Per sort, coneixes bé la zona.

Agafes la Carla per la mà per guiar-la i corres cap als llits elàstics, sobre els quals salteu amb totes les vostres forces. I el pla funciona. Els nens que encara se us aferraven a l'esquena surten disparats i cauen a terra, i vosaltres, per la vostra part, aterreu a dalt de tot dels tobogans. Els nens, però, no paren de perseguir-vos; tenen energia per donar i per vendre. Baixeu pels tobogans, i teniu la sort d'anar a parar just al davant d'una altra sortida. Comenceu a córrer tan de pressa com us és possible, però els nens han aprofitat el moment en què us tiràveu pels tobogans per acostar-se a vosaltres. És evident que no són zombis normals, perquè corren a una velocitat increïble. Un d'ells, que fins ara ha restat en un segon pla, salta sobre el llit elàstic i, gràcies a un impressionant salt mortal, aterra just davant vostre i us impedeix, de nou, el pas.

Oh, aquest el coneixes! És en Matt, el nen prodigi del teu club de karate. És molt àgil i, malgrat que normalment és força tímid, amb aquesta mirada de zombi et sembla francament terrorífic, tot i el seu barret ridícul.

Et tornes a concentrar. D'acord, reconeixes que en Matt et fa una mica de por, però no deixa de ser un nen. No el pots electrocutar.

I si proves de distreure'l? Al cap i a la fi, els nens no us han mossegat. Potser encara els queda una mica de consciència, i en Matt segueix sent un nen per davant d'un zombi. Per què no li proposes un joc? Ara bé, si creus que el teu company d'arts marcials no reaccionarà com un nen, sinó com un zombi, no hi ha dubte que val més que el deixis fora de joc enlluernant-lo amb la llanterna, per poder esquivar-lo i arribar fins a la porta. Què tries?

1) **Li proposes un joc.**

– **Comprova a qui toca parar en la pàgina 156.**

2) **Proves d'enlluernar-lo amb la llanterna.**

– **Comprova les conseqüències de la teva brillant idea en la pàgina 34.**

ELS NENS PERDUTS

Acceptes la seva proposta. Sereu més i així us podreu protegir més bé. A més, no vols deixar sols els nois. I has de reconèixer que també t'afalaga força que t'admirin.

La vostra primera missió és trobar els seus pares.

—S'han emportat tothom a la fàbrica abandonada que hi ha als afores de la ciutat —diu el més gran—. Hi han instal·lat un centre d'emergències. La policia i els bombers han recollit tots els humans que quedaven. Probablement són allà.

—Com ho saps, tot això?

—Perquè ho hem sentit dir a una família que marxava de la ciutat. L'inconvenient és que no sabem si hi podrem entrar. Deuen estar a punt de tancar el centre.

No podeu perdre més temps. Els nois us deixen una bicicleta a tu i a en Nour, i tots junts travesseu el camp en direcció a l'antiga fàbrica, que s'alça, tètrica, a la llunyania.

Ets el primer a arribar. Baixes de la bicicleta i t'acostes corrent a la porta. Evidentment, està tancada. Vas de finestra en finestra per intentar veure el que passa a dins. Els pares dels nens desapareguts s'han aliat per sol·licitar a les autoritats que obrin les portes.

—Ens heu enganyat! —crida una dona—. Els nostres fills no són aquí!

En Nour se t'acosta i assenyala la dona que acaba de parlar.

—És la meva mare!

A l'interior hi ha adults que tranquil·litzen nens, ancians que munten un campament de supervivència, policies nerviosos que parlen pel *walkie-talkie*... i un zombi que s'acosta a una dona gran i l'ataca.

Et gires cap als teus companys.

—A dins hi ha un zombi! Hem d'ajudar-los a sortir! Ràpid!

Intentes cridar-los l'atenció des de l'altra banda del vidre, però no et veu ningú. Hi hauràs d'entrar per avisar-los i fer-los sortir sense que se n'adonin els zombis. Però... com?

En Nour troba una destral a terra. La podries fer servir per tirar la porta a terra, tot i que, per desgràcia, això podria posar en guàrdia els zombis. Una altra solució podria ser entrar-hi a través de la claraboia del sostre, però és molt perillós i potser et farà perdre massa temps. Què tries?

1) La destral: no pots perdre més temps.

– Ves cap a la pàgina 123.

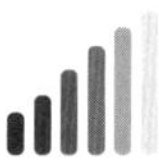

2) El sostre: serà més discret.

– Corre cap a la pàgina 108.

LA DESTRUCCIÓ DE LA BOMBA

No servirà de res anar a rescatar en Frank si els teus enemics es continuen reproduint com *mogwais* un dia de pluja. Mentre la bomba funcioni, els morts es continuaran despertant i els zombis us atacaran; així doncs, l'has de destruir urgentment.

Amb quatre gambades, recorres els pocs metres que encara et separen de la bomba i, sense perdre temps, proves de fer girar la manovella, que no es mou ni un mil·límetre. Merda! Està bloquejada! No pots impedir la sortida de l'aigua i donant-hi cops no aconsegueixes res.

—Frank! —dius alçant la veu, per cridar l'atenció del teu amic.

Ell es gira i, sense deixar de barallar-se, et resol el problema. Sense dubtar ni un segon, et llança el matxet i continua lluitant a cops de puny.

Atrapes l'arma al vol i, amb un cop violent, la claves a la bomba. No funciona, tampoc. Furiós, t'acarnisses amb el conducte metàl·lic fins que acaba cedint. Fantàstic! L'aigua cau a terra a raig i el sistema de reg automàtic aviat es troba sense líquid per ruixar.

Amb tot, quan et gires cap al teu amic per fer-lo partícip de la victòria, t'adones que l'han envoltat de nou. T'has d'afanyar. Corres cap a ell i, d'un cop de matxet, talles el cap del zombi que l'amenaçava. Tot seguit, llances l'arma al teu amic i recuperes el *nunchaku*.

Junts us enfronteu amb la resta de morts vivents. Quin equipàs que formeu! El combat s'allarga durant força estona, però, per sort, els zombis no destaquen per la seva força i els supereu en coratge i habilitat. A més, la Marie no és aquí per motivar-los, sinó prostrada al costat de la bomba destruïda, feta una fúria. Després d'una llarga baralla que et deixa esgotat, en Frank i tu aconseguiu eliminar els vostres darrers adversaris.

Us acosteu a una Marie furiosa, que ni tan sols es resisteix quan us veu arribar. En Frank, per la seva part, està molt indignat. Pren el matxet i alça el braç, convençut que la seva germana no es mereix continuar vivint. Tu, però, t'hi interposes, angoixat, per intentar calmar-lo.

—No ets tu, Frank, sinó la ràbia. No ho pots fer i ho saps.

El teu amic t'observa, dubitatiu, i insisteixes:

—Necessitem la Marie per combatre el virus. Això no està guanyat.

En Frank es tranquil·litza i abaixa el braç. Tu respires alleujat en veure que ha recuperat la calma definitivament.

—Tens raó. La necessitem —confirmes, assentint amb el cap.

Però, així que et gires i el teu amic observa el panorama per sobre de la teva espatlla, descobriu amb estupor que la Marie ha aprofitat per escapar-se. A uns quants metres d'on sou vosaltres, la noia se situa al caire del penya-segat que envolta el cementiri, amb la mirada vaga.

—No! —crida en Frank, que tem el pitjor.

I té raó. La Marie es llança al buit.

A en Frank les cames li fan figa i cau a terra, esglaiat. Acaba de perdre la seva germana, i també l'esperança d'eliminar el virus. Li llances una mirada de compassió i li poses la mà a l'espatlla per reconfortar-lo; no pots fer altra cosa.

Per desgràcia, no podeu deixar que la pena us envaeixi. Ara que ha desaparegut la responsable d'escampar el virus, haureu de desfer-vos dels zombis que encara assolen la ciutat. No ho podeu fer sols, però.

Ves cap a la pàgina 301.

CORRE, ELIJAH, CORRE!

No penses deixar-te impressionar. A més, ja ets gran, i no pas un noiet crèdul: les històries de morts vivents són cosa de les pel·lícules. Si aquells idiotes et volen espantar, no ho aconseguiran. Malgrat tot, prefereixes no perdre temps.

Comences alentint el pas per confondre el grup que s'acosta. I aleshores, de sobte, arrenques a córrer a tota velocitat en direcció a la urbanització. Estàs al límit de les teves forces i l'aire nocturn et crema els pulmons. Per desgràcia, tal com temies, l'asma comença a fer de les seves i et costa respirar, de manera que et veus obligat a reduir la velocitat. Ara només et faltaria patir una crisi al mig del carrer, amb aquells maleïts sonats com a únics testimonis.

Passen uns quants cotxes que t'enlluernen amb els seus llums i t'impedeixen observar la distància que et separa del grup. Així i tot, decideixes prendre aire durant uns segons per no córrer riscos. Les estranyes figures encara et segueixen, però, i, sense que els importuni cap problema respiratori, acceleren el pas.

No tens cap altre remei que tocar el dos; així doncs, arrenques a córrer. Cada vegada tens més a prop la urbanització, però encara està molt lluny per demanar ajuda i no et sentiria ningú. A més, els teus problemes respiratoris no t'ajuden gens.

Per sort, et sembla que has deixat enrere aquells pobres diables que sembla que et volien espantar. Efectivament, ja no se sent cap soroll i les ombres han desaparegut, així que aprofites per aturar-te un cop més, alleujat.

Abans de reprendre el camí, et gires una darrera vegada. Quin horror! Et trobes cara a cara amb un dels monstres, que és la paraula que els descriu més bé. Ara distingeixes perfectament els seus trets: els ulls fora de les òrbites, la boca plena de baves i una llaga fastigosa al coll, a més d'uns ulls grocs molt estranys i uns cabells blancs que semblen d'un altre món. Gairebé diries que és un zombi disposat a devorar-te.

Recules unes quantes passes, desorientat per una visió tan infame i per la pudor. Aleshores, sense pensar-t'ho dues vegades, per un pur acte reflex, empenys amb força l'individu que es disposava a mossegar-te. És cert que la seva manera de caminar abans d'atrapar-te era força estranya, i això et fa pensar que potser no es troba gaire bé, perquè el teu gest el desequilibra fins al punt de fer-lo caure. En desplomar-se contra el terra, es dona un cop al crani amb el caire de la vorera.

De sobte, et venen ganes de vomitar.

Però… què has fet?

Aleshores t'adones que la sang que corre per l'asfalt és verda. Què és això?

No és un bon moment per fer-te preguntes. Mentre et trobaves en plena crisi de consciència, han reaparegut els seus amiguets, també amb els ulls grocs i els cabells blancs, i una pudor que et regira l'estómac. I si…?

No. Et costa de creure. La mateixa tarda en què vas a veure una pel·lícula de zombis al cinema, et trobes amb zombis de carn (putrefacta) i ossos. És increïble!

Malgrat tot, la manera de caminar, la pudor, els atacs, la sang verda... T'has de rendir a l'evidència.

—Hauríem d'haver anat a veure una pel·lícula de Disney —remugues.

De cop i volta, els zombis t'envolten i se t'acosten, sense que els preocupi gaire que a un dels seus se li estigui escampant el cervell per la vorera, sinó més aviat delerosos de provar la teva carn.

Treus el mòbil. Potser ara podràs trucar als teus pares. Però, és clar, no hi ha cobertura. Desesperat, comences a moure el mòbil en totes direccions, intentant captar el senyal, però acabes encenent el flaix per error. Els adversaris que tens més a prop queden enlluernats per la llum i reculen. Et coles ràpidament per l'espai que deixen lliure i els apartes del teu camí. Un d'ells, però, es resisteix i intenta pegar-te. Quan t'agafa pel braç, se t'escapa el mòbil de les mans i s'estavella contra l'asfalt. Per sort, aconsegueixes deixar-te anar i fuges així que pots, tot intentant oblidar el foc que et crema els pulmons.

Aleshores t'adones, estupefacte, que a l'altra banda del carrer sorgeixen més criatures que t'impedeixen el pas.

Què penses fer? No pots tornar directament a casa teva. És massa perillós i, a més, no et ve gens de gust convidar aquestes criatures a passar la nit.

Tens dues possibilitats. Podries córrer cap al cementiri. Això t'obligarà a fer marrada, però, en cas d'atac, allà et podràs amagar més fàcilment. Però... Vejam... Estàs segur que anar a un cementiri durant una invasió zombi és la solució més sensata? Si et sembla massa arriscat, una altra opció seria intentar aturar algun cotxe i demanar ajuda. Què tries?

1) Et dirigeixes al cementiri.

– Amb l'esperança que tots els morts ja hagin sortit de les seves tombes. Ves cap a la pàgina 286.

2) Atures un cotxe.

– Potser t'espera un taxi en la pàgina 102.

COM SI ANÉSSIU D'ACAMPADA

Anar armat amb arc i fletxes demostra tenir estil. Però… sabràs apuntar o tibar l'arc? No ho tens gaire clar, així que t'estimes més triar una arma més segura. Finalment, optes per una navalla d'acampada. La tens més a prop i, a més, estàs convençut que no et trobaràs amb el director paranoic pel camí.

Passes per darrere de les grans tendes de campanya d'exposició i arribes a la prestatgeria que buscaves, on trobes una gran navalla. N'hauries de tenir prou. Assenteixes amb el cap en direcció a la Carla, que t'espera a una certa distància. Ja esteu a punt per partir.

Recorreu els passadissos de la botiga i us acosteu a la porta. De sobte, t'atures davant una caixa plena de pilotes de bàsquet per examinar la sortida.

El director del centre comercial encara és allà, amb la pistola apuntant cap endavant, a l'aguait. Deu haver preferit esperar-vos en comptes de perseguir-vos pels passadissos, per assegurar-se que no us escapeu. Maleït sigui! No t'ho havies plantejat.

Estudies un pla d'acció i et comences a penedir de la teva tria. Aquí on ets, no pots fer res amb la navalla. No teniu cap més opció que passar pel seu costat per poder sortir. Per no posar-vos al descobert massa aviat, camineu d'amagat entremig de les caixes, avançant molt lentament. En el darrer moment, surts del teu amagatall i et llances sobre l'home, amb la navalla a la mà.

Per desgràcia, no has estat prou ràpid i el director et veu i et pega amb força. Caus a terra, amb el rostre il·luminat pel llum de neó que assenyala la sortida d'emergència de la botiga. Aleshores el director comprèn que, efectivament, ets un adolescent i no pas un zombi. No suposaves cap perill. L'home recula, espantat per la seva pròpia agressivitat.

Et refàs i recuperes la calma, però només durant uns segons. Una ombra apareix darrere el director. És un zombi! No tens temps de cridar. El zombi està afamat i el director sembla un bon piscolabis.

Quan intentes alçar-te ràpidament, quatre zombis s'afegeixen al banquet improvisat, en el qual la Carla i tu sereu les postres.

Aquesta situació se t'ha entravessat, oi?

Amb una mica de sort, els zombis s'ennuegaran amb tu.

Llàstima que no tindràs la satisfacció de veure-ho.

Torna a la pàgina 24 o al principi.

CARRETERA TALLADA

—Ja us n'heu sortit prou bé sense mi fins ara. Ho sento, però haig de portar en Nour amb els seus pares.

Els nois abaixen el cap.

—Llàstima! —diu un d'ells, amb una ganyota de desengany—. Hauria molat molt.

Amb un senzill gest de comiat, desapareixen tal com han arribat.

En Nour t'agafa per la mà. Estàs convençut que ja fa uns quants anys que no agafa els seus pares per la mà, però ho entens perfectament. A tu també et tranquil·litza el contacte. Tots dos junts us disposeu a sortir de la ciutat.

Una mica més endavant, observes que hi ha un cotxe aturat al voral. Els seus ocupants deuen haver hagut de fugir precipitadament. A través de la porta oberta, t'adones que el conductor fins i tot ha deixat les seves pertinences al vehicle i la clau al contacte. Hi ha marques de sang al cotxe.

Resulta, però, que el lloc de l'incident no està del tot abandonat. Dos zombis apareixen a la carretera i es dirigeixen cap a vosaltres. Correu a refugiar-vos al cotxe i tanqueu les portes. Els zombis, furiosos per la vostra fugida, comencen a donar cops al vehicle. En Nour s'arrauleix al seient i es tapa les orelles.

Esteu atrapats. Com us en sortireu?

Els vidres acaben cedint davant els cops dels zombis. En una dècima de segon, prens una decisió. Sense dubtar gens ni mica, arrenques el cotxe. Per sort, els teus pares t'han ensenyat el més bàsic per aprendre a conduir a l'aparcament del supermercat. Aleshores envesteixes les criatures.

*

A la sortida de la ciutat, la policia ha tallat la carretera i s'ha format un gran embús. Tots els cotxes estan aturats. T'assabentes que la ciutat està en quarantena i està prohibit sortir-ne. Amb tot, el voral està lliure; podries accedir-hi i travessar per força el cordó policial. És molt perillós, però.

Què penses fer?

1) Travesses el cordó policial.

– No condueixes un cotxe blindat, però sembla ferm.
Ho intentes en la pàgina 136.

2) Recules.

– És el més prudent. Ves a saber amb què et trobaries quan arribessis al cordó policial! Corre cap a la pàgina 79.

ELS QUI ENTREU AQUÍ JA PODEU ABANDONAR TOTA ESPERANÇA

Ja és tard per fer-se enrere: si abandones ara, la invasió zombi triomfarà i tant sí com no et mossegaran. Per tant, decideixes confiar en en Frank. Almenys, així, encara que l'assumpte no acabi bé, no te'n penediràs.

—D'acord —et limites a dir.

—Bé.

En Frank et fa un senyal amb el cap abans d'enfilar-se per la boca d'evacuació de les aigües residuals, i tu el segueixes, reprimint les arcades. Tal com temies, aquí dins no se sent precisament olor de roses. A més, està completament fosc. Per sort, en Frank ho tenia tot previst i ha portat llanternes.

Avanceu pel conducte amb compte de no caure. El camí és força estret. De sobte, us trobeu davant una porta de fusta, damunt la qual hi ha una llinda que diu: «Alto! Heu arribat a l'imperi de la mort».

—Que guai! —xiuxiueges, una mica nerviós.

—Les catacumbes —t'explica en Frank—. T'aviso que no és un lloc gaire bonic, precisament, però és el camí més segur.

Efectivament, en travessar la porta, observes una decoració més aviat sinistra. La llum de les llanternes projecta a la paret ombres inquietants de cranis deformats i altres meravelles. És força esgarrifós, però a poc a poc et vas relaxant. Només són ossos; no passa res.

Confiant plenament en tu mateix, acceleres el pas sense prendre gaires precaucions, de manera que t'entrebanques amb un os i caus de cap contra la paret, en la qual s'amunteguen més ossos. Un crani cau i rodola per terra fent un gran terrabastall, que ressona per tot el túnel. El teu fort no és precisament la discreció.

Et gires cap a en Frank per disculpar-te.

I aleshores descobreixes que us han seguit tres esquelets. Només faltava això! Quant de temps fa que us segueixen? Deixes escapar un petit crit, que alerta en Frank. El teu amic es gira en direcció a les ossamentes animades. No sembla que es trobi gaire còmode en aquesta situació. Sempre ha estat ben disposat a treure el matxet davant els zombis, però aquesta vegada no té la més petita idea de com ha de procedir.

—Corre! —es limita a cridar.

Acates les ordres del teu company i arrenques a córrer tan ràpid que de poc caus. Pel camí, ensopegues amb dos nous esquelets que se t'abraonen a sobre, però, per sort, en un acte reflex, treus el *nunchaku* i, amb un gir del braç, elimines ràpidament els teus adversaris. Et gires cap a en Frank per comprovar si tot va bé i ell et respon fent l'ullet. Bona jugada!

A la fi arribeu a la trapa que connecta amb la depuradora. Malgrat tot, en Frank no sembla gaire tranquil. La presència d'esquelets indica que la contaminació és més ràpida del que s'esperava.

Ara, dubta sobre com cal procedir i exposa els seus dos plans. La seva idea inicial era fer-vos passar per policies en una inspecció sorpresa. Així tindríeu accés als dipòsits i podríeu circular amb total llibertat i identificar més ràpidament el tanc contaminat. Amb tot, no us hi podríeu presentar armats com aneu ara, ja que no seria creïble. L'altra opció consisteix a entrar-hi i desplaçar-vos furtivament, de tanc en tanc, sense preguntar a ningú. Us prendria molt més temps i, si us descobrissin, us seria molt difícil explicar la vostra presència. Però, almenys, si us trobéssiu amb un zombi, aniríeu armats.

Quina és la millor opció?

1) Fer-vos passar per policies.

– Les primeres idees acostumen a ser les millors. Seguiu el vostre instint en la pàgina 72.

2) Entrar-hi armats i d'amagat.

– És el més prudent. Aneu a la pàgina 124.

LA VEU DEL FILL

La mirada de la Carla es desvia dels supervivents de la fàbrica a l'exèrcit de zombis armats. És evident que tem per la vida dels refugiats; així doncs, l'hauràs de convèncer.

—Primer hem de salvar la vida al meu pare, Carla —supliques entre llàgrimes—. Estic segur que tenim temps.

La Carla sembla que dubta, però tu insisteixes:

—Si li passa res, no m'ho perdonaria mai.

La teva amiga es gira cap a tu, emocionada. Segurament pensa en la seva família. Si algun familiar seu es trobés en la mateixa situació, també voldria ajudar-lo abans que res.

La Carla dona una ullada als zombis que retenen el teu pare i arrenca a tota velocitat. En sentir el motor, els zombis, furiosos, deixen en pau el teu pare i corren cap a l'autobús, que els envesteix. El teu pare, que continua ajagut a la vorera, queda commogut davant l'escena. S'ha de recuperar ràpidament. Li obres la porta de l'autobús i crides:

—Puja!

El teu pare reconeix la teva veu i es gira cap a tu. Aleshores et somriu i puja a l'autobús immediatament. Un cop a dins, t'abraça, alleujat de saber que estàs sa i estalvi.

Malgrat tot, no us podeu relaxar. El teu pare t'explica que la teva mare és a dins, amb els supervivents. La Carla arrenca tot seguit i es dirigeix de nou cap a la fàbrica abandonada, davant de la qual derrapa de manera controlada. D'aquesta manera, la part del darrere de l'autobús xoca contra la porta de la fàbrica, que cedeix davant el cop.

—Pugeu! —crides als supervivents.

No tenen cap més opció, ja que no hi ha res que els protegeixi de l'exèrcit de zombis que s'acosta perillosament. Els refugiats entren a empentes l'un darrere l'altre a l'autobús.

Busques desesperadament la teva mare amb la mirada. És l'última a sortir de la fàbrica. Abans de pujar a l'autobús, dona una darrera ullada a l'edifici per assegurar-se que ja no hi ha ningú.

—Corre!

Típic de la teva mare! Quan aconsegueix posar la mà damunt la barana, els zombis ja estan tan a prop que la Carla, presa d'una por sobtada, arrenca de cop. Per sort, la teva mare aconsegueix agafar-se a temps per poder posar un peu a l'autobús. Malgrat tot, té l'altra cama a fora i un zombi s'hi ha aferrat.

Baixes a correcuita els pocs esglaons del vehicle i li agafes la mà per intentar estirar-la cap a tu. Funciona! Però també estires el zombi cap a l'autobús. La criatura, arrossegada per terra, amb prou feines aguanta uns metres i acaba cedint. Aleshores tanqueu les portes del vehicle. Uf! Amb l'autobús ple, us dirigiu a l'estació.

*

La Carla condueix tan de pressa que arribeu a l'estació en un temps rècord. Tots correu cap a l'interior d'un dels trens de l'andana, assegurant-vos, primer, que els vostres éssers estimats són amb vosaltres. Per casualitat, es troba entre vosaltres en Kim, un ferroviari jubilat.

—Jo ho sé conduir tot —fa broma—. Trens de rodalies, regionals, d'alta velocitat i, fins i tot, metros.

Una mica més tranquil, et deixes caure, esgotat, en un seient. Mentrestant, en Kim s'asseu davant el comandament de la locomotora i arrenca el tren.

A la fi et pots relaxar. Veus desfilar el paisatge. Aviat deixareu enrere el malson. Somrius amb tristesa a la Carla; saps que està destrossada. No heu tingut temps d'anar a buscar la seva família, però et tranquil·litza explicant-te que està molt contenta d'haver pogut salvar tanta gent.

Hi ha un llarg silenci i cadascú pensa en les seves coses. Els més paranoics observen els altres des del seu racó, amb la sospita que tots estiguin contaminats.

De sobte, un crit trenca la calma. Un dels passatgers té el tors cobert de sang verda, tot i que intentava dissimular-ho sota l'abric.

—Un zombi! És un zombi! —crida un home, molt espantat.

Regna el pànic a bord i la histèria s'encomana a una velocitat increïble. Tots criden i ningú no entén ningú. Malgrat tot, immediatament es formen dos bàndols. Tot un grup sencer es vol desempallegar del possible zombi llançant-lo per la finestra com més aviat millor. Per la seva part, uns altres pensen que és injust. I si s'equivoquen? I si és humà? Per això proposen tancar l'intrús al vagó del costat. Amb tot, això suposaria un possible risc d'atac. Si l'individu és realment un zombi, podria aprofitar un moment de distracció per tirar la porta a terra, tornar al vostre vagó i devorar-vos a tots.

Escoltes els arguments d'uns i altres i t'adones que et trobes just al costat de la porta que separa els dos vagons. En un acte reflex, aconsegueixes la clau. Ara ets l'únic que pot tancar l'home.

1) No vols córrer cap risc.

– **Prefereixes tirar l'intrús per la borda? De fet, és el més segur...**
  Comprova-ho en la pàgina 160.

2) Evites la injustícia.

– **No se sap mai: potser la sang verda no és seva.**
  Val més tancar-lo en la pàgina 76.

LIANES ELÈCTRIQUES

—De pressa! Aferreu-vos a un cable!

Salteu tots junts i baixeu pels cables cap a terra, cridant. De terror o d'emoció? Amb tota l'adrenalina que et corre per les venes, no sabries dir-ho.

La multitud es gira cap a vosaltres. Aleshores arribeu a terra ferma sans i estalvis.

Els pares, nerviosos, són els primers que se us acosten. Tant en Nour com la resta de nois que t'acompanyen troben els seus pares. Però on són els teus?

L'alegria dura ben poc. En un espai tan reduït, n'hi ha hagut prou amb un zombi perquè l'epidèmia s'acabés escampant com la pólvora, i ja us envolta un grup de zombis: una trentena de policies, conductors d'ambulància i refugiats que semblen molt ben organitzats.

Se sent una rialla. Aleshores abandona la formació una noia de cabells blancs i pell pàl·lida, amb el rostre marcat per una enorme cicatriu. Sens dubte, és la cap.

Aquesta dona t'intriga. Sembla zombi, però fa l'efecte que encara conserva la capacitat de reflexionar com una humana.

—No oposeu resistència —us diu—. Us convertireu en zombis igualment.

Com a única resposta, desenfundes la catana. Al teu voltant, els altres segueixen el teu exemple i s'armen amb el primer que troben, disposats a enfrontar-se amb els zombis.

Et gires cap al grup.

—Escolteu-me! L'única manera que tenim d'aturar aquestes criatures és apuntant-los al cap. Així que, feu el que feu, apunteu-los al cap.

Així que acabes de dir aquestes paraules, els zombis s'abraonen sobre vosaltres. S'inicia una batalla ferotge en què els humans passen veritables dificultats. Tu et baralles amb un zombi immens armat amb una barra de ferro. El teu rival et copeja la mà i et cau la catana, que va a parar a uns quants metres de tu.

De sobte, entreveus el teu pare, que està just darrere la dona de la cicatriu. T'has d'afanyar i salvar-lo! No tens cap arma, però. Què penses fer? Et llances sobre la dona zombi o proves de recuperar l'arma?

1) **Et llances sobre la dona de la cicatriu.**

– **Ha arribat l'hora de posar fi al seu estratagema. A més, el teu pare està en perill.** **Corre cap a la pàgina 116 per salvar-lo.**

2) **Prefereixes recuperar la catana.**

– **Ha anat a parar a la pàgina 69.**

EL CONDUCTE DE VENTILACIÓ

Les canonades són força sorolloses i tems no sentir els guardes, que possiblement us segueixen. Tot i que amagar-se darrere una canonada és una bona idea, cal saber quin és el millor moment per ocultar-se. Aleshores decidiu anar pel conducte de ventilació.

Et desempallegues de l'armadura, que t'impediria avançar; mentrestant, en Frank descargola cargol per cargol la reixeta del conducte. A continuació, t'ajuda a pujar-hi oferint-te les mans com a esglaó. T'endinses al conducte i esperes que el teu amic, que mostra una impressionant habilitat acrobàtica, faci el mateix.

Aleshores comenceu a arrossegar-vos. La foscor no us facilita la tasca i la situació es torna una mica claustrofòbica. Se t'està fent etern, tot i que això no t'hauria de sorprendre. La sala que heu deixat enrere és molt llarga, per la qual cosa és normal que, per travessar-la, encara que sigui per la part de dalt, us hi estigueu força estona.

De cop i volta, el sostre et sembla molt més baix que fa només uns minuts. És impossible! Que no té una mida estàndard, el conducte? És possible que canviï de forma, a mig recorregut? Segurament és cosa del teu cap, que t'està jugant una mala passada.

Malgrat tot, t'adones que cada cop costa més avançar. El conducte, certament, és més estret en el punt on et trobes.

—Merda! No es pot passar! Estem encallats! No ha servit de res!

Haureu de girar en rodó o, més ben dit, reptar marxa enrere, perquè ni tan sols estàs segur de disposar de prou espai per girar sobre tu mateix. En Frank ha aprofitat que la seva zona era força àmplia per fer mitja volta i tornar cap a l'entrada del conducte, lleuger com un felí, i ara ja s'allunya.

De sobte, sents un soroll i dirigeixes la llanterna cap a un punt llunyà: un zombi s'arrossega cap a tu a una velocitat alarmant. Incapaç de moure't, la darrera cosa que veus són dos ulls grocs fora de les òrbites i una dentadura lluent.

Ui! T'ha fet mal?

Per sort, pots retornar a la pàgina 124 o tornar a començar l'aventura.

EN NOUR

Corres a tota velocitat cap a la urbanització, que sembla mig adormida.

Sorprenentment, tots els fanals de la ciutat estan apagats i no hi ha cap llum encès a les cases. Tot està fosc i desert. Que tètric!

Per fi! Sembla que has aconseguit desempallegar-te dels zombis. T'endinses encara més al barri i, al cap d'una estona, comences a percebre sorolls estranys: vidres trencats, passos apressats i fins i tot crits. No acabes d'estar tranquil. I si hi ha zombis, també, aquí? I si són pertot arreu?

Avances lentament, amagant-te darrere els cotxes aparcats cada vegada que sents passos que se t'acosten, però no veus ningú.

Ajupit darrere un cotxe, veus passar una figura. Camina a poc a poc, amb una lleugera coixesa. És un zombi! Sortosament, no t'ha vist, de manera que pots observar-lo tranquil·lament. Va deixant un rastre de sang humana. Et fixes en el seu punt dèbil: la lentitud.

Quan et disposes a reprendre el camí, sents un plor infantil procedent d'una casa propera. T'hi acostes i trobes un nen d'uns nou anys arraulit al porxo de la casa.

—Què et passa? —li preguntes amb tendresa.

El nen alça els ulls i et mira molt espantat. Li somrius per indicar-li que tot va bé i t'ajups al seu costat.

—Com et dius? Jo em dic Elijah.

—Nour. Em dic Nour —respon el petit, entre sanglots.

—Que estàs sol, Nour? On són els teus pares?

—A casa. No saben que soc aquí. No hauria de ser-hi, però tenia moltes ganes d'anar als jocs làser. Hi anaven tots menys jo. Vull tornar a casa, però tinc por d'anar-hi sol. Visc a l'altra banda de la urbanització, per això m'he amagat aquí.

Pobre Nour! Ha triat la pitjor nit per escapar-se de casa. És evident que no el deixaràs sol aquí.

Acompanyes en Nour a casa seva: ves cap a la pàgina 154.

NI-NO, NI-NO!

Comences a caminar, seguit d'en Nour i de la senyora Besset, intentant ocultar-te de la vista dels zombis. Us espera un llarg camí i no us podeu arriscar a perdre el carregament. És l'única manera que teniu de salvar la ciutat.

Aleshores us trobeu amb un exèrcit sencer de zombis i desitges atacar-los amb totes les teves forces, però la senyora Besset et demana que et controlis. Heu de conservar tota la substància que pugueu per al camió de bombers. No, val més que us amagueu.

Trobeu un petit local de kebabs i decidiu ocultar-vos-hi. Us amagueu darrere el taulell. De sobte, et fixes en la salsa picant i l'ensenyes a la professora.

—Professora, aquesta salsa conté bitxo. Ens la podríem emportar?

—Molt bé, Elijah —et felicita la senyora Besset—. Si a les meves classes posessis més atenció en comptes d'anar darrere la Nora, trauries excel·lent.

Et disposes a replicar. Però si tu no vas darrere la Nora! És amiga teva des de la infantesa. És com una germana petita per a tu. Però què s'empatolla?

De cop i volta, se sent un crit al carrer que et retorna a la realitat. No és el moment de discutir sobre la teva vida amorosa: heu de salvar la ciutat.

Els zombis han trobat una nova presa, han tocat el dos i us han deixat via lliure.

Així que arribeu al parc de bombers, barregeu la substància amb aigua en un camió cisterna i pugeu ràpidament als seients davanters del vehicle. De sobte, el silenci mortal es trenca per la fressa d'un altre camió de bombers, que gira a la cantonada a tota velocitat. Al seu interior hi ha una munió de bombers que no paren de bramar, disposats a arremetre contra vosaltres. Crides a la senyora Besset:

—Arrenca!

La professora accelera.

—Elijah, la mànega!

T'afanyes a agafar-la, i en Nour subjecta la manovella. L'altre vehicle se us tira al damunt i us acorrala contra la paret. La senyora Besset no aconsegueix tornar a arrencar i el pànic s'estén entre vosaltres.

—Elijah, la mànega, ara! —et crida.

Tu dubtes, però. Potser és millor esperar fins que arribeu al centre de la ciutat. Si no, és possible que us quedeu sense producte abans d'hora, i llavors no podríeu frenar la invasió zombi. Però, si no aconseguiu arribar al centre, aquí no salvareu pas ningú. Què penses fer?

1) Ruixes els bombers zombis.

– Et negues a morir. Reacciona i corre cap a la pàgina 162.

2) Esperes fins que arribeu al centre.

– Us en sortireu... o potser no? Comprova-ho en la pàgina 109.

DOBLE DILEMA

Les amples i llargues canonades que recorren les parets comuniquen les diferents sales de dipòsits entre si. Decidiu amagar-vos darrere les imponents canalitzacions, encara que això suposi endarrerir el vostre avanç, amb l'esperança de no cridar l'atenció dels vigilants. T'enfiles per una enorme canonada i t'esmunys al darrere, seguit d'en Frank. Amb el cap cot, inicieu el trajecte amb passos curts. És força incòmode. A més, cada vegada que us encreueu amb algun guarda, heu d'aturar-vos i amagar-vos darrere els conductes metàl·lics. Quan gairebé ja hi heu arribat, de sobte, sona una alarma. El guarda que has deixat inconscient deu haver avisat els seus companys.

No trigues a veure un gran nombre de vigilants que corren, a gambades, d'una banda a l'altra dels passadissos, molt nerviosos. Aprofiteu la confusió per continuar el recorregut al llarg de les canonades i dirigir-vos cap a la sala en la qual en Frank ha identificat el dipòsit contaminat. Quan et disposes a travessar la porta, un guarda et barra el pas. És un zombi!

Només faltava això! És evident que avisarà els seus companys, però pot ser que se't mengi el cervell, la qual cosa no és pas millor. A més, no portes cap arma. Malgrat tot, contra tot pronòstic, aconsegueixes aturar els atacs del mort vivent, d'escassa força. La llàstima és que el teu adversari, que no perd l'esperança de devorar-te, sempre torna a la càrrega.

Amb un darrer esforç, et desfàs del zombi amb una violenta puntada de peu al tors, que el fa caure d'esquena en un contenidor d'evacuació de residus. El mort vivent acaba triturat i desapareix en un mar de sang verda. Uf! En Frank, que ni tan sols hi ha hagut d'intervenir, assenteix amb el cap, i tots dos entreu, a la fi, a la zona dels dipòsits.

Tot seguit, en Frank t'assenyala el dipòsit que ha identificat i que correspon al sistema de reg del cementiri. Us hi acosteu i, efectivament, comproveu que conté un estrany líquid verdós.

Però com és possible que ningú no se n'hagi adonat? Que potser són còmplices, tots? No deu fer gaire que escampen el virus. És molt possible que els treballadors de la depuradora no hagin tingut temps d'adonar-se'n. Inspecciones les vores del dipòsit i, finalment, observes un petit flascó que deixa anar un líquid de gota en gota. No hi ha dubte: és el virus. Ho heu aconseguit! Has fet bé de seguir en Frank, que estira la mà per agafar el flascó. De sobte, però, l'interromp una veu profunda.

—No el toquis, germanet! —ordena.

Et gires de cop. Davant vostre hi ha una noia de cabells blancs i ulls grocs que us amenaça amb una pistola.

—Marie —respon en Frank amb tristesa—, abaixa l'arma. No facis cap bestiesa.

Sembla que en Frank la coneix bé. És la seva germana de veritat? Està al darrere de tot això, ella? Però… per què? Els dos germans discuteixen, força trasbalsats. Ara la Marie es mostra menys agressiva, menys segura d'ella mateixa.

—Per què vols destruir una ciutat sencera? Els veïns no són els responsables de la nostra desgràcia —diu en Frank, intentant raonar amb la noia.

—Però l'alcalde sí! —respon la Marie, furiosa—. I el seu càstig serà veure com la ciutat se li torna en contra i queda destruïda en un festival de violència —crida amb una mirada malvada.

La Marie, alterada, continua apuntant amb l'arma al crani del seu germà. I si dispara? Amb un tret al cap, en Frank no es tornaria a alçar. Però, ocupats amb la discussió, ni la Marie ni en Frank no us han tornat a prestar atenció ni a tu ni al dipòsit. I el tens ben bé al costat. Potser és el moment ideal per intentar aconseguir el flascó que el contamina.

1) **Intentes desarmar la Marie.**

- **Et seran útils, les teves classes de karate, contra una zombi amb totes les seves facultats mentals? Comprova-ho en la pàgina 39.**

2) **Retires el flascó del dipòsit.**

- **D'aquesta manera tan senzilla, et desfàs d'un problema en la pàgina 62.**

UN NIU DE ZOMBIS

—Corre! —crides a la Carla, que sembla que dubta.

Travesseu l'immens magatzem en direcció a les escales de l'aparcament. Per desgràcia, però, teniu els vostres enemics just al darrere. Amb la seva entrada sorollosa i el vostre crit, es trenca el silenci, i una visió aclaparadora et frena en sec: desenes d'ulls grocs i les seves siluetes es multipliquen al vostre voltant. Dels prestatges i de les caixes de cartó escampades per terra sorgeixen desenes de zombis. Només faltava això! Resulta que el magatzem és el seu dormitori.

Les siluetes se us acosten lentament, però amb aire amenaçador. Algunes salten dels prestatges; d'altres, mancades d'algunes parts del cos, s'arrosseguen cap a vosaltres. Quin horror!

La Carla et sacseja. Has de reaccionar! Repreneu el camí, però, quan finalment arribes a la porta i fas girar el pom, notes que alguna cosa t'estira pels turmells i piques amb el cap contra la porta metàl·lica. Amb prou feines estàs conscient per sentir que t'arrosseguen cap enrere. Un pes pudent t'aixafa contra el terra. La Carla no et podrà ajudar: ja s'està transformant. Aleshores desapareixes enmig d'un munt de carn sangonosa.

Mala sort!

Torna a començar l'aventura
o retorna a la pàgina 57.

AL CENTRE DE VILAMORT

De sobte, a prop de vosaltres sorgeix una figura coberta de sang verda. Sense pensar-t'ho dues vegades, l'ataques, però la criatura atura el cop immediatament.

—Amb compte, vailet, que pots fer mal a algú.

Reconeixes la veu! L'individu es treu el mocador que li tapa el rostre: és la senyora Besset, la teva professora de ciències. I tota aquesta sang verda? Bé, tant se val! Ja t'ho plantejaràs més endavant. Et sents alleujat de tornar a veure una cara coneguda. Mai no t'havies imaginat que la professora de ciències molaria tant!

La senyora Besset podria haver fugit, però ha decidit quedar-se a la ciutat per descobrir el secret de l'aparició de zombis. Quan un d'ells l'ha atacat, s'ha defensat utilitzant gas pebre i el zombi ha caigut rodó a terra, com mort, però al cap d'uns segons s'ha tornat a aixecar, convertit de nou en humà. Després d'investigar-ho, ha arribat a la conclusió que es tracta d'una reacció a la capsaïcina, un component comú dels productes picants.

—També és present a la cuina oriental, en ingredients com ara el bitxo i les salses picants —us explica—. L'hem d'escampar per tota la ciutat com sigui.

—Doncs anem a un supermercat a arreplegar tots els productes picants que puguem —crides entusiasmat.

La senyora Besset assenteix amb el cap, però sembla que dubta.

—És molt perillós —diu finalment—. No, estareu més segurs si us quedeu a la meva caseta.

No estàs del tot tranquil, però la segueixes fins al seu amagatall: la caseta de fusta del seu jardí.

—Es pot tancar amb clau —us assegura en sortir—. Tanqueu per dins. Aniré tan ràpid com pugui; us ho prometo.

T'agradaria anar amb ella, però en Nour, espantat, et demana que no el deixis sol. No et quedes tranquil i tems per ell, però, alhora, no estàs segur que la senyora Besset aconsegueixi portar a terme el seu pla tota sola. Què decideixes?

1) **Et quedes amb en Nour.**

- **T'estimes més quedar-te a la caseta i deixar que sigui la professora la que ho faci tot? D'acord, doncs. Ves cap a la pàgina 296.**

2) **Segueixes la senyora Besset.**

- **A en Nour no li passarà res si es queda sol, però la professora... Potser la pots ajudar en la pàgina 165.**

ELS ATAQUES

Et gires i comences a donar cops a un dels esquelets amb totes les teves forces. De seguida es desploma i passes al següent. A mesura que els destrueixes, però, en van apareixent més, que concedeixen als primers prou temps per refer-se i tornar a atacar.

Encadenes claus de karate dignes de tot un cinturó negre. Et sorprens de la teva rapidesa. Cada vegada són menys els esquelets que t'ataquen alhora. Deus haver agafat bé el ritme, però no podràs continuar així indefinidament. Comences a estar cansat i et costa respirar.

Sents un crit i et gires. Un dels esquelets ha esquivat els teus atacs i es dirigeix cap a en Nour. Corres cap al noi, però els altres esquelets se't llancen a sobre i de sobte et veus envoltat de foscor.

La sortida no era per aquí.

Però pots anar a buscar-la en la pàgina 128 i prendre un altre camí.

US HA VINGUT D'UN PÈL

És impossible pujar més ràpid que l'ascensor. Al ritme que va, arribarà a dalt molt abans que vosaltres; n'estàs convençut. I, de fet, no et ve gens de gust comprovar la teva teoria. Per desgràcia, haureu de saltar, amb l'esperança de no xocar brutalment contra el sostre de l'ascensor. Se't talla la respiració. En les pel·lícules d'acció és molt més fàcil. «Concentra't, Elijah.» No pots deixar que la por s'apoderi de tu. De seguida t'adones que per a la Carla també és l'única solució.

—Haurem de saltar, Elijah —diu nerviosa—. No tenim cap altre remei.

Assenteixes i mires cap avall, esperant el moment adequat. No es tracta de saltar amb massa antelació i trencar-vos les cames. La Carla també vigila el progrés de l'ascensor. Tot d'un plegat, crida:

—Ara!

La noia salta i tu fas el mateix tancant els ulls. Sents nàusees a mesura que el teu cos va agafant velocitat en la caiguda. De sobte, notes un fort cop i tornes a obrir els ulls. Ets al sostre de l'ascensor i la Carla és al teu costat. Per sort, esteu sencers. L'inconvenient és que heu perdut les armes. De moment, però, us centreu en la trapa de l'ascensor. Us heu d'afanyar a obrir-la abans d'acabar esclafats contra les immenses molles del sostre, que ja albireu.

Estireu amb totes les vostres forces la maneta de la trapa, però, per desgràcia, està tancada amb clau. L'ascensor no s'atura! Quin horror! Aleshores, la Carla es treu una agulla dels cabells per forçar el pany de la trapa. Per fi aconseguiu obrir-la, i en el darrer moment us coleu a l'ascensor. Uf! Us ha vingut d'un pèl! L'ascensor s'acaba aturant a la darrera planta.

No és el millor moment per aturar-se a agafar aire. Abans de sortir al terrat, però, mireu al vostre voltant: no hi ha ningú. Al fons, entreveus l'escala d'emergència i correu cap allà. Baixeu els esglaons un per un, ansiosos d'arribar a baix. A la fi heu arribat a l'aparcament del centre comercial, el teu punt de partida. Quina paradoxa!

Ves cap a la pàgina 28.

EL CAMIÓ DE BOMBERS

Arrenques a córrer a tota velocitat cap al camió de bombers, que ja es troba al final del carrer. A la cruïlla, el vehicle redueix la velocitat. És la teva única oportunitat!

Fas un salt i fregues amb els dits la barra metàl·lica de la part del darrere del camió. Ja el tens!

De sobte, però, alguna cosa et reté just abans d'estirar-te cap enrere. Caus a l'asfalt i, impotent, observes com el camió de bombers continua el seu trajecte. T'alces per tal d'arrencar a córrer, però és massa tard. El zombi que t'ha agafat en ple salt se t'ha aferrat a una cama i t'estira, disposat a devorar-te.

Ja s'ha acabat?

Retorna a la pàgina 141 o torna a començar.

TOM I JERRY

Fins ara, els petits trucs d'en Frank sempre han funcionat força bé; així doncs, val més que continueu amb la mateixa estratègia i així arribareu abans al dipòsit.

Avanceu fins a la sala que teniu com a objectiu superant un primer control de seguretat. La placa de policia us permet continuar i ningú no us demana explicacions. Amb tot, hi deu haver càmeres al complex. Encara no l'han trobat, el guarda que has deixat inconscient?

Amb pas tranquil, no tardeu a arribar als dipòsits, però aleshores sona una alarma, seguida d'un missatge que difonen els altaveus:

—Atenció! Un home que es fa dir Frank Stein i un adolescent de nom Elijah han deixat inconscient un vigilant. Si us trobeu amb ells, deteniu-los.

Quin merder! Això no us facilitarà gens la feina. Accelereu el pas. De sobte, en Frank s'adona de la presència d'una noia amb els cabells blancs a prop del dipòsit contaminat. Aleshores s'atura de cop, amb la mirada fixa i trista. Desconcentrat, és incapaç de respondre les preguntes del guarda de seguretat que s'acosta per interrogar-vos i que sap del cert que sou els dos canalles que estan buscant. Intentes donar un cop de mà al teu amic responent en comptes d'ell:

—No, ho sento. S'ha equivocat. Ens diem Tom i Jerry —afirmes.

Merda! Per què has dit això? És el primer que t'ha vingut al cap. Òbviament, el guarda no és cap beneit.

—Deixa't de bestieses, noi, si no vols que m'enfadi —t'adverteix.

De sobte, el guarda que has deixat inconscient apareix al passadís del davant i us assenyala amb el dit.

—Sí, són ells. Detén-los! —diu al seu company.

En qüestió de segons, tots dos acabeu emmanillats. Al lluny, la noia dels cabells blancs, alertada per l'escàndol, ha girat el cap en direcció a vosaltres i us observa satisfeta.

Game over!

No es pot guanyar sempre.

Retorna a la pàgina 72 o torna a començar des de zero.

EL MESTRE D'ARTS MARCIALS

A fer punyetes la perspectiva d'una nit de somni! De tota manera, si en Frank diu la veritat, tampoc no hauries descansat gaire. Val més que ajudis el teu nou amic. Al cap i a la fi, li'n deus una.

—D'acord, anem.

Tot i que, és clar, encara tens dubtes. Extraterrestres? Zombis? Un virus extraterrestre que ressuscita els morts? Tot això és una mica difícil de creure. De tota manera, després de tot el que has vist aquesta nit, comences a creure de veritat que no hi ha res impossible. Ara bé, decideixes concentrar-te en el més urgent, i en Frank t'explica el seu pla.

—Accedirem a la depuradora. No és difícil. Ho podem fer a través de les clavegueres, a les quals s'arriba mitjançant una trapa.

Tot i que hauries preferit evitar la pudor de les clavegueres, el cas és que et sembla força senzill. Fins que arriba el següent comentari d'en Frank.

—Però hi ha un petit inconvenient. És possible que les clavegueres estiguin plenes de zombis. Seria el més normal, ja que es troben molt a prop de l'origen del virus.

D'acord, aquí és on la cosa es complica.

—Jo vaig armat —continua en Frank, i assenyala el matxet—, però tu t'has d'equipar. Serà el més prudent.

De sobte, se t'acut una idea. No sou gaire lluny del poliesportiu on practiques karate. Allà segurament trobareu alguna cosa amb la qual armar-vos i protegir-vos.

—Ja tenim aquí el mestre d'arts marcials —confirma el teu amic.

*

En un tres i no res, us planteu al gimnàs. Afortunadament, no us encreueu amb cap zombi. En Frank torna a mostrar habilitats dignes d'un autèntic lladre. Hi entreu sense problemes i us dirigiu, ràpidament, al magatzem de material.

Era evident que no hi trobaríeu armes, però, de tota manera, t'emportes un *nunchaku*, que saps manejar molt bé. També agafeu armadures i màscares de protecció del club d'esgrima, que segur que us seran útils. Quan ja esteu a punt de marxar, sentiu el grinyol de la porta d'entrada.

Vaja! Qui deu ser ara?

Dones una ullada a l'exterior del magatzem. Uf! És l'Ajub, el teu entrenador de karate. Val més que vagis a explicar-li el motiu de la vostra presència..., i de la vostra entrada per la força. Així que t'hi acostes, però, l'Ajub, sense concedir-te ni un segon, t'ataca de sobte. Et deu haver confós amb un lladre. Per sort, aconsegueixes aturar els seus cops, i aleshores retrocedeixes per deixar-li veure el rostre. I allà, sota la llum de la lluna plena, observes que ja no té els ulls de color marró clar, sinó groc, i que els flocs que li surten per sota de la gorra són tan clars com la claror de la lluna. El teu *sensei* s'ha convertit en zombi!

Quin horror! Has trobat resposta a tots els teus dubtes. En Frank deia la veritat i el virus ja ha arribat a la ciutat. El teu nou amic empunya el matxet per tal d'ajudar-te, però l'atures amb un gest. Ni parlar-ne. No podeu matar el teu entrenador. Per desgràcia, en el seu estat, sembla que no et reconeix, i reprèn els seus atacs encara amb més força, decidit a vèncer-te.

Quina paradoxa! Ara no tens cap més remei que aplicar tots els consells que el mateix Ajub t'ha ensenyat amb paciència durant els entrenaments per aturar els seus cops, però ets molt conscient que no tens res a fer davant un cinturó negre.

Res a fer. En un tancar i obrir d'ulls, l'Ajub et té a la seva mercè, preparat per mossegar-te. Desesperat, amb el tou del dit agafes una espasa d'esgrima que has vist abandonada a terra, al costat del tatami. Només tens una dècima de segon per prendre una decisió. Decapitaràs el teu entrenador?

1) **És un zombi: l'ataques.**

– **O ell o tu, oi?** **Comprova-ho en la pàgina 66.**

2) **No, no pots prendre una decisió com aquesta.**

– **No et podries tornar a mirar al mirall, i això seria una llàstima, oi?** **Ves cap a la pàgina 117.**

RETROBAMENTS

Observes, a través del vidre, com la teva mare corre cap a tu. Saps que no l'hauries de deixar passar, però això et tortura. Se't fa massa difícil. No la pots abandonar.

No dius res mentre travessa la porta, que tanques en el darrer moment, just abans que arribin els zombis. Els altres t'ajuden a bloquejar-la.

Aleshores et gires cap a ella, que sembla que entén el que ha passat, i s'espera, a poques passes de tu, mantenint la distància. Mort de por per ella i per la resta, li busques amb la mirada rastres de mossegades, en uns inacabables segons d'inquietud en què tems que es transformi, que els cabells se li tornin blancs, que li neixi un espurneig als ulls… Res.

Està bé.

Et sents tan alleujat que ets incapaç d'expressar-ho amb paraules, i et llances als seus braços. També hi ha el teu pare, que ha sortit juntament amb els altres.

En Nour i els teus nous amics corren cap a tu per presentar-te els seus familiars. Estàs orgullós i feliç. El malson ja s'ha acabat.

Et poses al capdavant del grup i abandoneu la ciutat caminant camps a través.

Has guanyat!

UN VELL AMIC

No penses ficar-te a la gola del llop. Anar de dret cap als zombis... I què més? Ni parlar-ne. Renunciareu a anar al terrat, per més frustrant que sigui, ara que esteu tan a prop del vostre objectiu.

Decidiu cercar un lloc segur on pugueu arrecerar-vos. Mentre examineu la zona per trobar un local adequat, us trobeu cara a cara amb el zombi que us ha atacat a les escales mecàniques. Encara és viu i no s'ha oblidat de vosaltres. En veure-us, esclata a riure amb una cruel riallada i comença a bavejar com si fóssiu el seu banquet. Tu no tens cap arma amb la qual puguis defensar-te, però la Carla no perd el temps i treu la pistola elèctrica. El zombi, però, li ha vist les intencions i li clava un fort cop al braç. L'arma surt disparada i queda feta miques en picar contra el terra, a pocs metres d'on sou vosaltres.

El zombi s'abraona sobre la Carla, que intenta defensar-se; ara, desarmada. Quan et disposes a unir-te al combat, la teva amiga es gira cap a tu, amb els ulls groguencs i la pell pàl·lida.

—No!

Ja forma part del bàndol enemic. Tu t'hauries pogut defensar més bé, però ara et toca descobrir les delícies de la pizza caníbal.

Game over!

Aquest cop has perdut, però ho pots tornar a intentar en la pàgina 189 o començar l'aventura de nou.

ELS PEUS NETS

Amb tants cops que ha clavat al zombi, el deu haver ferit, oi? A més, t'ha semblat que la Carla li ha destrossat la mandíbula d'una puntada de peu a les dents, gràcies a la punta reforçada del calçat de seguretat.

No tens temps per reflexionar. Les botes immaculades s'acosten de nou a la barana. Deixes anar una mà i estires una bota amb totes les teves forces. Així que notes caure el cos, tanques els ulls. I si t'has equivocat? No t'ho podràs perdonar mai. El disgust, però, tampoc no et duraria gaire. També seria la teva fi.

—Ben jugat, Elijah! —et felicita la Carla des del terrat.

Has pres la decisió correcta. Quin descans! La Carla t'ajuda a pujar per damunt de la barana i doneu una ullada al terra per comprovar que els vostres oponents han quedat fora de joc definitivament. No semblen gaire disposats a tornar a aixecar-se, i, veient les grans taques fosques que els envolten el cap, és evident que no ho faran.

Perfecte! Via lliure! Correu cap a l'escala d'emergència abans que a un altre zombi, atret per l'olor, se li acudeixi de sortir a prendre l'aire al terrat i preparar-se un frankfurt amb una cama humana.

Corre cap a la pàgina 28.

LA FUGIDA AMB EN NOUR

—Ja és massa tard. Anem, Nour!

Pugeu a les bicicletes i toqueu el dos. Pedalegeu cada vegada més de pressa, enlluernats pels llums dels cotxes. Només tens una idea al cap: posar el nen fora de perill i reunir-te amb els teus pares. Et gires per comprovar que en Nour et segueix.

Aleshores t'adones que els zombis han deixat de fer cas als bombers i us persegueixen. En observar l'avanç d'en Nour, ho entens tot. Els llums de les bicicletes projecten massa llum en la foscor de la nit. Com podries apagar-los? No hi ha cap botó a la dinamo; en moviment, sempre funcionen.

De sobte, la roda d'en Nour —que, molt espantat, es limita a seguir-te en comptes de prestar atenció al camí— topa amb un sotrac del terreny i el nen cau a terra. Des de la teva posició, ho veus perfectament. La roda se li ha girat del tot i els zombis avancen a tota velocitat.

Recules i intentes pujar en Nour a la part del darrere de la teva bicicleta. Quan finalment ho aconsegueixes, ja teniu els zombis a sobre. Amb en Nour ben acomodat, pitges el pedal, arrenques i… envesteixes un zombi que tens just davant teu.

Una mala decisió!

De tota manera, pots tornar a començar
o retornar a la pàgina 154.

EL RIU

Seguiu el passadís que descendeix i que desemboca en un altre de més ample, per on circula un curs d'aigua brut i profund. En Nour et segueix de prop. T'atures davant una porta reixada. Està tancada i sembla que només es pot obrir des de l'altra banda.

A sota de la porta, hi ha una escletxa. T'ajups, però és massa estreta. En canvi, és perfecta per a en Nour. Malgrat tot, la part inferior de la reixa està plena de punxes tallants que li podrien causar molt de mal amb un simple moviment. No li pots demanar una cosa així. Però en Nour també s'hi ha fixat i resol el dilema.

—Ho faré —afirma decidit—. Ho puc fer.

Tu encara dubtes, però.

Et fixes en un passadís una mica més ample que hi ha en un lateral, però caldria anar per l'aigua. Al costat teniu un tros de fusta enorme que podríeu fer servir de rai. Amb tot, seria una embarcació molt precària, i no tens la més petita idea del que s'amaga en aquestes aigües. Què decideixes?

1) Que en Nour passi per sota de la reixa.

– Ves cap a la pàgina 182.

2) Prefereixes anar per l'aigua.

– Per què no? Ves cap a la pàgina 194.

EL RETROBAMENT AMB ELS TEUS PARES

Surts del cotxe tan de pressa que la família d'en Nour no té temps d'aturar-te. Camines al costat de la filera de cotxes, entremig d'empentes. La gent que t'envolta s'enfada, ja que es pensa que et vols colar. No s'adona que només ets un adolescent.

Sents un crit. És un zombi? Més udols es confonen amb el primer i tot plegat fa que s'estengui el pànic. Arrossegat per la marea humana, caus a terra i et dones un cop al cap. Se t'ennuvola la vista i entreveus centenars de persones que se t'acosten a correcuita, però tenen tanta por que ni tan sols et veuen.

Ai! Quina manera més desagradable d'acabar l'aventura...

Però, si vols, pots tornar a la pàgina 182.

EL CAMÍ DE TORNADA

Està sonat o què, aquest individu? És evident que passa alguna cosa estranya. No pots negar que has estat testimoni d'uns quants atacs de zombis, un dels quals ha perdut la mà, però arribar a creure en l'existència d'un virus extraterrestre... Bé, això ja és una altra història. A més, desconeixes de quina manera pots ajudar aquesta mena de samurai.

No, val més que tornis a casa i avisis els teus pares del perill. Per cert, deuen estar sans i estalvis, o els deuen haver atacat, també, a ells? Cada vegada tens més ganes de veure'ls per assegurar-te que estan bé. Això s'ha convertit en la teva prioritat. Ja se n'encarregarà en Frank, de fer de justicier i salvar la ciutat, si és que en té tantes ganes. Haurà de ser sense tu, però.

—Ho sento —li dius amb sinceritat—. La veritat és que no et puc ajudar. Els meus pares deuen estar preocupats i jo ho estic per ells. Ho entens, oi?

Esperes la seva resposta, una mica nerviós. El noi no s'ha mostrat precisament pacient al cementiri, però sembla més decebut que inquiet.

—Sí, és clar —diu finalment—. Si més no, deixa que t'acompanyi a casa. Ets molt jove i no m'agradaria deixar-te sol al carrer enmig de la invasió zombi.

No li ho discuteixes i deixes que el teu nou amic es faci el protector. No pots negar que et quedes una mica més tranquil. Amb en Frank i el seu matxet inseparable, no et pot passar res.

Marxeu de la clínica i us dirigiu a la urbanització.

El que descobreixes al barri va més enllà de tot el que podies témer: els carrers de Vilamort són plens de zombis que van a la caça d'humans. La ciutat, que fa només una hora encara dormia, ara es troba en alerta. Els veïns corren d'una banda a l'altra, fan roncar el motor dels seus vehicles abans de partir en tromba i busquen una manera de fugir o de protegir-se. Hi regna el caos.

Se't fa un nus a la gola a mesura que us aneu acostant al teu barri. Ho han destrossat tot. Amb cada indici de violència, et demanes on deuen ser els teus pares i els teus amics i si en Frank es veurà obligat a eliminar-los.

Continueu endavant amb prudència, fins que, tot d'un plegat, sentiu un soroll de vidres trencats en un carreró, a pocs metres de distància d'on us trobeu. En un acte reflex, correu a veure què ha passat i us trobeu amb un petit grup d'homes i dones armats, que s'enfronten amb un exèrcit de zombis. S'han unit per fer front a l'amenaça, dirigits, òbviament, pel més fort de tots, que té aspecte de motard, amb jupa, tatuatges i uns músculs enormes. Ell és qui els dona les indicacions.

En Frank desenfunda el matxet, disposat a ajudar-los. Malgrat tot, és en va. La banda elimina tots els morts vivents en un moment. Quina eficàcia! Són impressionants! Sembla que ho hagin fet tota la vida. El cap del grup s'adona de la vostra presència i s'ofereix a ajudar-vos. Ja han acollit tres nois als quals estaven atacant. Expliques al grup que busques els teus pares i els indiques on és casa teva.

—Ja hem passat per aquell barri —explica en Billy, el motard—. No hi ha ningú.

En Billy es mostra confós davant la teva expressió de tristesa i afegeix:

—D'acord, hi tornarem. Al cap i a la fi, potser ens hem despistat i no hem vist els teus pares.

La resta del grup hi està d'acord, però ets conscient que ho fan per compassió. En Frank et dirigeix una mirada tranquil·litzadora. T'has d'aferrar a la mínima esperança que hi ha de trobar-los. Abaixes el cap i continueu endavant, escortats pel petit grup armat.

Pel camí, us torneu a encreuar amb uns quants zombis, però la banda d'en Billy els elimina sense dificultat. És evident que no tenen miraments.

Finalment, arribeu a casa teva. La gespa del jardí està destrossada i les empremtes de pneumàtics que hi ha a l'asfalt indiquen una fugida precipitada. Malgrat tot, no t'ensorres i hi entres igualment. Per desgràcia, la casa està buida i els teus pares han desaparegut. Després d'un instant de silenci sepulcral, en Billy et diu amb confiança:

—Queda't amb nosaltres. Et protegirem.

Assenteixes amb un somriure dèbil, però fals. En Frank, que sembla que es disposa a sortir, et fa un senyal amb el cap. Així que us allunyeu una mica del grup, et xiuxiueja:

—Tot bé?

—Sí, no et preocupis.

Et posa la mà a l'espatlla, amb un gest que pretén ser reconfortant. Sembla trist per tu.

—Crec que amb ells estaràs segur —diu al cap d'un moment, després d'uns instants de dubte—. Ara t'he de deixar. Haig de complir la missió.

Li assegures que tot anirà bé, però més aviat intentes convèncer-te a tu mateix. Amb un darrer somriure i fent l'ullet, en Frank desapareix, amb el matxet a la mà.

Segueixes, distret, en Billy i la seva banda, amb la mirada clavada a terra. Els nens rescatats pel grup t'expliquen que us dirigiu al centre d'ajuda improvisat, que està situat en una fàbrica abandonada, als afores de la urbanització. La banda hi porta tots els supervivents que troba i, de passada, destrueix tots els zombis que troba pel camí. Els nois estan impacients per arribar-hi, ja que estan convençuts que hi trobaran els seus pares. Si els teus han sobreviscut, segurament també seran allà. Recuperes les esperances.

Però, així que comences a recuperar-te, us ataca violentament un exèrcit de zombis furiosos. Aquesta vegada la banda té serioses dificultats per derrotar els zombis, i lamentes profundament que en Frank ja no sigui amb vosaltres per ajudar-vos amb el matxet.

Els adults lluiten tan bé com poden. Plouen cops de bats, de potes de mobles, de fustes amb claus, però els morts vivents són molt nombrosos i estan decidits a devorar-vos. Enmig del combat, a un dels integrants del grup se li clava al mig del tors un ganivet de trinxar, que un zombi acaba d'esquivar, i es desploma tot seguit. Un crit d'en Billy t'obliga a apartar la vista d'aquell horror.

—Amagueu-vos! —us diu a tots els menors.

Els nens corren cap a la vorera i s'amaguen darrere un cotxe que està aparcat al costat d'una marquesina.

Seguiràs el consell del motard o prefereixes recuperar l'arma del mort per ajudar la banda?

1) T'amagues amb els nens.

– Potser podràs protegir-los. Corre, abans que us vegin!

Escapa't a la pàgina 140.

2) Reculls l'arma per unir-te a la batalla.

– Va, que ets tot un professional del karate. Creu-t'ho! Ves a ajudar els teus aliats en la pàgina 42 abans que sigui massa tard.

AL RESCAT!

No penses abandonar el teu amic. Un cop us hàgiu tret de sobre aquells maleïts zombis, tindreu tot el temps del món per anar a destruir la bomba. Amb una última inhalació, aferres el *nunchaku*. Endavant! Quan t'acostes a en Frank, observes que es desploma després de rebre un fort cop de puny de la seva germana. Aleshores saltes sobre la Marie, que cau a terra, desprevinguda. Ara et podràs aprofitar de la teva nova posició avantatjosa.

En Frank, però, no t'ho permet i t'aparta. Es vol ocupar de la seva germana tot sol. Doncs molt bé. Tu ja tens a sobre prou zombis dels quals ocupar-te durant tota la nit.

T'ataquen per totes bandes, però aconsegueixes canalitzar els teus esforços. De moment, et va força bé, però en Frank està alerta per si el necessites. Per desgràcia, els morts no paren d'alçar-se, en un cicle infinit. Potser hauries d'haver prioritzat la destrucció de la bomba... Cada vegada que et sembla que ja has derrotat tots els zombis, n'apareixen més. És infernal! A poc a poc, et comencen a fallar les forces. En Frank i tu us veieu superats i a penes us resten uns minuts abans de la derrota final.

Bon intent.

Però hauràs de tornar a començar
o retornar a la pàgina 104.

L'EXÈRCIT DE LES OMBRES

No et ve gens de gust trobar-te una altra vegada amb aquella criatura misteriosa; així doncs, decidiu no córrer cap risc i retorneu sobre els vostres passos. Hi ha d'haver alguna sortida que no hàgiu vist. No suportes més la foscor i només desitges una cosa: sortir d'aquí.

A uns quants metres davant teu, la Carla s'atura bruscament. Què ha passat? T'hi acostes i, quan et disposes a interrogar-la, es posa l'índex a la boca i t'insta a restar en silenci. La teva amiga sembla concentrada; es deu haver fixat en alguna cosa. La sortida, potser?

De sobte, sents un gemec, diferent de tot el que has sentit fins ara. Aquest lament, ni humà ni animal, et provoca una esgarrifança a l'esquena. Segurament deu ser el que ha cridat l'atenció a la Carla. Us mireu, i resteu immòbils i atents. Aleshores el gemec se sent encara amb més força. Què deu ser?

Fas un pas endavant i topes amb alguna cosa tova i gelatinosa. Pertot arreu, apareixen petites siluetes, però, de sobte, tornen a desaparèixer. Probablement, aquestes bèsties són iguals que la criatura misteriosa. Que potser els has importunat el niu sense voler?

Els gemecs es multipliquen, i les ombres estranyes continuen apareixent i desapareixent, sense que pugueu distingir-les en cap moment. De sobte, una de les ombres et frega, i, a continuació, una altra. La mateixa sensació se't repeteix al cap d'uns segons, i després, una altra vegada. La llanterna fa pampallugues abans d'apagar-se; aquest cop, de manera definitiva. Amb prou feines distingeixes les formes que es mouen enmig de les tenebres, encara més fosques que les ombres que les envolten. Gairebé no hi veus, però el soroll... El soroll és insuportable.

Com et pots defensar, immers en la foscor més absoluta? La Carla, molt angoixada, comença a donar cops de bat al no-res.

—És inútil —dius, sumit en el pànic—. No aconseguiràs tocar-los. Són massa...

No arribes a acabar la frase. Sents un dolor molt agut a l'esquena i et desplomes.

Havies deixat escrit el teu epifati?

Si no és el cas, en la pàgina 111 hi ha zombis força assenyats que et podrien ajudar.

O també pots tornar a començar.

HI PUGES TOT SOL

Aquest vell baixant et fa mala espina. I si es desprèn mentre pugeu? A més, arribar fins a la tercera planta no serà una tasca fàcil, de manera que t'estimes més utilitzar l'elevador elèctric dels jardiners. Un cop a dalt, estaràs sol, però almenys la Carla podrà fer guàrdia. Li deixes la barra de ferro perquè es pugui defensar en cas d'atac i t'enfiles a la plataforma de l'elevador elèctric. La Carla engega el motor i es col·loca davant del comandament.

—I ara què? —preguntes, en veure que no es mou res.

A la cabina, la Carla fa mala cara.

—És més difícil del que em pensava. És la primera vegada que condueixo un vehicle així. No vull fer una mala maniobra i que caiguis de morros a l'asfalt.

Aleshores encara arrufa més el nas.

—A més, tot està ple de sang i de... bocins de carn. No vull pas saber què mengen exactament, però els zombis són molt porcs. I quina pudor!

Per poc, malgrat la tensió, gairebé et venen ganes de riure. La Carla, però, és molt forta i de seguida supera les arcades, tot i que te les acaba provocant a tu.

El braç mecànic es mou d'una manera erràtica i et veus obligat a aferrar-te a les parets de la plataforma per no caure. Enmig de fortes sacsejades, intentes guiar la Carla en la direcció correcta, sense vomitar les crispetes que t'has menjat abans amb la Cassandra. Estàs a punt de picar de morros contra un arbre, però, després d'un parell de minuts molt llargs, la plataforma s'acaba estabilitzant davant la finestra del tercer pis. Uf! La Carla ho ha aconseguit, tot i que la façana de l'ajuntament no n'ha sortit gaire ben parada.

Als teus peus, hi ha uns quants troncs escampats per la plataforma. N'agafes un i el fas servir com a ariet per trencar la finestra i arrencar el tros de fusta que hi han clavat apressadament. Els cargols cedeixen i hi entres immediatament. Els passadissos foscos i deserts donen un aspecte tètric a l'ajuntament. Et demanes qui deu haver instal·lat les fustes, perquè no hi veus ningú. Avances unes quantes passes més i et fixes en una figura que està ajaguda a terra. Un cop t'hi acostes, t'adones que es tracta d'un cadàver. Quin horror! T'has d'afanyar a transmetre el missatge.

Quan et disposes a continuar el trajecte, sents una mena de respiració. De sobte, davant els teus ulls, el cos que jeia a terra s'alça de cop.

—Ah, doncs resulta que no era mort —remugues per sota el nas.

És un zombi! El mort vivent, ja dempeus, se t'acosta amb ganes de devorar-te. L'evites reculant fins a la paret, on trepitges vidres trencats. És la finestra que has destrossat. Reculls el fragment de vidre més gros i el fas servir de ganivet per atacar el zombi, que avança cap a tu. Aconsegueixes fer-li uns quants talls als braços, i el zombi retrocedeix a causa del dolor. No pots perdre més temps i fuges, ja que el zombi no tardarà a encalçar-te.

Això que el zombi t'hagi obligat a girar cua et va la mar de bé, perquè la sala d'emissió dels altaveus es troba en sentit contrari a la direcció que havies pres. Així doncs, hi entres immediatament. Un cop a dins, tanques amb clau i arrossegues un moble fins a la porta perquè no hi pugui entrar ningú. De sobte, al cap de pocs segons, el zombi comença a copejar la porta amb força. La fusta tremola. Quant de temps resistirà?

Corres cap al sistema d'emissió i, després d'uns quants intents, aconsegueixes connectar els cables correctes entre si. A la fi podràs transmetre el missatge! Dones una ullada a les pantalles connectades a les càmeres de seguretat de la ciutat. El caos regna a tot arreu i els humans estan clarament en desavantatge. Reconeixes unes quantes persones: companys de classe, dos professors, el forner que et ven el pa des que eres petit… Quina tragèdia!

I, de sobte, l'ànima et cau als peus. La Nora, la teva amiga de la infantesa, lluita contra un zombi. Ella no està tan en forma com tu i, per més ferotge i decidida que pugui arribar a ser, és més dèbil físicament. T'has d'afanyar, encara que només sigui per salvar la teva millor amiga.

Però, així que et disposes a encendre el micròfon, des de l'altra banda de la porta t'arriba la fressa d'una baralla i un crit de la Carla. Deu haver pujat pel baixant i el zombi que et perseguia fa uns minuts la deu estar atacant. Quin dilema!

Has d'emetre el missatge per salvar la Nora, però també tems per la vida de la Carla, que s'ha arriscat a pujar per ajudar-te. Què penses fer?

1) Prioritzes transmetre el missatge.

– En principi, la Carla va armada i la Nora, no. Pren-te uns segons per veure què passa en la pàgina 60.

2) Primer salves la Carla.

– És difícil ignorar-la quan la tens just darrere teu.
Corre cap a la pàgina 52.

HUMANS CONTRA HUMANS

És impossible trencar las cadenes que tanquen la fàbrica; n'estàs convençut. I recuperar la clau tampoc no és una tasca gens senzilla. El seu amo es troba en ple combat contra un integrant de la banda d'en Billy, a l'altra banda de la tanca. No podeu perdre més temps. Decidiu reunir els nens i fugir amb ells.

Però... on són? Per més que mires al teu voltant, no en veus cap. Potser s'han amagat en algun lloc segur.

—On són? —et pregunta en Frank, que té pressa per marxar.

—Han desaparegut! —respons, presa del pànic.

En Frank està molest.

—No ens podem quedar aquí —et recorda, amb la vista clavada en els zombis, que ja han arribat a l'altura dels darrers grups d'humans que esperaven poder refugiar-se a la fàbrica, i que ja han començat a atacar, cosa que ha originat encara més confusió.

—No els podem abandonar —afirmes, nerviós i inquiet.

De sobte, un humà s'acosta a en Frank amb una mirada amenaçadora. Ha observat que té els cabells blancs i el pren per zombi. No pot ser! És evident que en Frank no ha triat el millor moment per tenyir-se els cabells, però és que era impossible preveure una invasió com aquesta.

Per desgràcia, abans que puguis dir res, el desconegut arremet contra el teu amic, amb la barra de ferro a la mà.

—No!

De sobte, et llances sobre ell per impedir que pegui al teu amic i li claves una ganivetada al braç, procurant no fer-li gaire mal. Tampoc no es tracta de liquidar un humà, ara. L'individu, adolorit, sembla que no comprèn la teva acció. Altres adults, alarmats, es giren contra vosaltres. Saps molt bé que us trobeu en una situació delicada i ets totalment conscient del que passarà. Us atacaran.

Aleshores arriben els zombis i també s'afegeixen a la baralla. En Frank i tu caieu a terra ferits. Al teu amic li surt sang del front. Sang verda!

Què? Llavors, és un zombi de veritat, en Frank?

Mai no sabràs la resposta a la pregunta. Després d'una puntada de peu desafortunada, tot es torna negre al teu voltant.

Mala sort...

Però pots recular a la pàgina 203
o tornar a començar l'aventura.

TATXAN!

Arrenques a córrer cap al cementiri, mirant de tant en tant al teu voltant. No hi ha ningú al davant ni als costats. I, quan arribes a l'entrada, tampoc no hi ha ningú darrere teu. Sembla que estàs sol. A aquestes hores, la reixa està tancada. T'hi enfiles amb dificultat, però acabes caient dempeus a l'altra banda de la porta.

El cementiri, sumit en la foscor, ofereix un espectacle d'allò més tenebrós. Una cosa és venir aquí amb els col·legues en plena llum del dia per explicar històries de terror, però, amb la nit que has tingut fins ara, qualsevol ombra, un petit moviment de branques o un cruixit, per més imperceptibles que siguin, et fan sentir esgarrifances a l'esquena. Reacciones de seguida. Has vingut aquí moltes vegades i saps que si t'enfiles pel mur de l'altra banda del cementiri de seguida arribaràs a casa. Així doncs, comences a córrer entremig de les tombes, procurant no trencar els gerros de flors en honor als morts que poblen el cementiri.

Et crida l'atenció una mena d'ombra gegantina. El cementiri, amb prou feines il·luminat per la lluna, és un escenari opac del qual no distingeixes cap detall, de manera que et veus obligat a acostar-t'hi per esbrinar què és. I aleshores, mort de por, constates que algú ha remogut la terra. Han desenterrat un mort!

Qui ha pogut fer una cosa així?

En apropar-t'hi, descobreixes unes quantes rases molt semblants, i, quan ho observes amb més atenció, t'adones que, aparentment, les tombes han estat obertes des de dins. Una esgarrifança et recorre l'esquena.

Tot i que les fosses no et tranquil·litzen gens —principalment, perquè hi podries caure si no prestes atenció—, no pots deixar de pensar que, si més no, estan buides. Entre la pel·lícula que acabes de veure —i que no para d'alimentar la teva imaginació— i la nit tan estranya que estàs passant, només et faltava ser testimoni d'una resurrecció zombi en directe. Sempre has pensat que series un esmorzar pèssim. Per cert, les papil·les gustatives dels zombis transmeten la informació del sabor al cervell, també?

De sobte, quan et gires per reprendre el camí, una mà sorgeix de la terra, just davant d'una làpida, i t'agafa pel turmell. Deixes escapar un crit capaç de despertar els morts. Massa agut, penses, avergonyit. No tens temps de reflexionar, però. Perds l'equilibri, t'entrebanques i, abans de poder comprendre el que està passant, la mà t'arrossega cap a la tomba. Aleshores notes que t'enfonses a la terra i lluites amb totes les teves forces per intentar aferrar-te a alguna cosa, al que sigui.

I allà, ben bé davant teu, veus les eines del jardiner. Agafes una pala, fas tota mena de contorsions per tal de girar-te i copeges amb violència la mà que et reté. Funciona! La mà, un cop tallada, et deixa anar de sobte. Aleshores aprofites l'ocasió per alçar-te ràpidament. Per desgràcia, però, la mà seccionada continua avançant i t'empaita. Tot d'un plegat, se't planta al mig de la cara i et baixa pel clatell.

Tot i estar mig encegat, observes com una segona mà surt de la terra, seguida del seu cos. Un zombi emergeix de la seva tomba. El cos dislocat es desenterra i s'arrossega cap a tu, mentre obre els grossos ulls grocs. Tot d'un plegat, estira l'altra mà cap a tu, com si el membre arrencat l'atragués com un imant

La mà solitària, però, es resisteix, aferrada a la teva espatlla. Això va de mal en pitjor. No et pots creure el que veus, però has de reconèixer que, sense voler-ho, has robat la mà a un zombi.

Com te'n sortiràs, d'aquesta? Has de prendre una decisió ràpidament. Fugiràs? Si corres amb totes les teves forces, potser la mà es deixarà anar. Per altra banda, però, el zombi sembla molt decidit a recuperar la mà. Podries intentar arrencar-la perquè el cos la recuperi i es tranquil·litzi. Ha arribat l'hora de triar.

1) Fuges del cementiri.

– Amb una mica de sort, la teva asma se n'haurà anat de vacances. Ves cap a la pàgina 21.

2) Tornes la mà al zombi.

– És el que vol, oi? Comprova-ho en la pàgina 122.

AL DIARI

Tot i que fa dos mesos que proves de convèncer els teus pares que et regalin un ciclomotor, aprendre a conduir-lo en plena apocalipsi zombi no et sembla gaire encertat. Amb el monopatí ja en tindràs prou.

T'hi enfiles sense dubtar, ja que estàs acostumat a fer carreres amb els amics. Travesses els carrers esquivant zombis furiosos que et volen atrapar. Per sort, però, ets més ràpid i àgil. Estàs a punt de ser atropellat per uns quants cotxes que apareixen de sobte, a tota velocitat, però aconsegueixes esquivar-los per poc. És esgarrifós, però no és un bon moment per deixar que la por s'apoderi de tu.

Quan finalment arribes als voltants del diari, observes que dos zombis famolencs han tallat el pas i no pots accedir al carrer on es troba, així que decideixes allunyar-te d'ells i prendre el carrer en sentit oposat. Això t'obliga a passar per l'*skatepark*, un dels teus llocs d'esbarjo preferits. Per desgràcia, però, se n'han apoderat tres zombis delerosos de menjar carn fresca. No tens cap altra opció: l'has de travessar costi el que costi.

Amb un moviment d'autèntic professional, t'escapes de la bandada furiosa saltant sobre la rampa, que travesses sense dificultat. Els zombis, però, et persegueixen, disposats a encalçar-te. Acceleres tant com pots i et dirigeixes a un dels mòduls d'acrobàcies, surts volant pels aires i aterres ben bé a la cara d'un dels teus agressors, que s'estavella contra la superfície de ciment. Sense perdre temps, prens embranzida, fas un segon salt i deixes inconscient un segon oponent.

Només en queda un. El mort vivent se't llança al damunt i et fa caure del monopatí. Aleshores et clava un cop molt fort a la mandíbula i comences a sagnar, cosa que encara li fa venir més gana. Això no pot acabar així. Reuneixes totes les teves forces per aconseguir desempallegar-te'n, alçar-te i assestar-li un mawashi-geri magistral enmig del ventre. L'Ajub, el teu professor de karate, estaria molt orgullós de tu. El zombi es veu obligat a retrocedir per refer-se, moment que aprofites per empènyer-lo contra el quart de tub. Tot seguit, es desploma, inconscient. No pots perdre més temps. Tornes a pujar al monopatí i et dirigeixes a correcuita cap al diari.

*

La porta de les oficines està oberta. En entrar-hi, observes que han saquejat els despatxos. Els zombis s'ho deuen haver passat d'allò més bé. No hi ha ningú; només silenci i foscor. Fa una mica de por. Avances entremig de les taules, cercant en els informes alguna cosa que et pugui ser útil, però no trobes res.

És normal. En Frank ja fa temps que no hi treballa i la seva investigació deu estar arxivada en algun lloc. Continues el registre i trobes una porta amb un rètol on diu «arxiu». Bingo! Aquí hauries de trobar el que busques.

Quan et disposes a entrar-hi, observes, a través d'un mirall situat just damunt del teu cap, el reflex d'una figura que està amagada entremig de les ombres, a molt poca distància de tu. Deu ser un zombi?

Tens dues opcions: desempallegar-te'n ràpidament amb l'ajuda del *nunchaku*, o córrer cap a l'arxiu i tancar-t'hi. Què penses fer?

1) **No perds el temps i ataques.**

– ***Ready?*** **Ves cap a la pàgina 87.**

2) **Fuges cap a l'arxiu.**

– **No pots perdre més temps. Corre cap a la pàgina 130.**

TURBULÈNCIES

L'avió s'enlaira i agafa de sorpresa en Rod, així que aprofites l'ocasió per agafar la pistola. Malgrat tot, en Rod es recupera de seguida i se't llança al damunt. Dispares per defensar-te i el gegant es desploma. Del cap li raja sang verda, que s'escampa per tota la cabina.

Deixes anar un sospir d'alleujament. Per sort, ja s'ha acabat tot. L'alegria no dura gaire: unes turbulències cada cop més violentes sacsegen l'avió. La senyora Besset, asseguda davant els comandaments, està morta de por.

—Es pot saber què passa aquí al darrere? Estem perdent altitud; segurament, per problemes de pressió. Que has obert alguna comporta?

Examines detingudament l'interior de l'aeronau i, en principi, no hi veus res estrany. De sobte, sents un so agut, molt diferent del soroll del motor. Quan intentes trobar-ne l'origen, t'adones que la bala que has disparat al zombi ha foradat el fuselatge. Haureu d'aterrar.

La senyora Besset perd el control de l'aeronau i tu t'asseus al seu costat, davant els comandaments, per intentar estabilitzar-la, però és impossible. L'avió comença a caure en picat, directament cap al bosc. Cada vegada teniu més a prop les capçades dels arbres. Tanques els ulls per no veure l'impacte.

Coneixes la història d'en Paf, el karateka?

Doncs ets tu. Au, va, alegra una mica la cara.

Torna a la pàgina 82 o comença una altra història.

EL PARANY

Entres a la botiga acompanyat del timbre de les portes automàtiques. Un home barbut, ja madur, alça els ulls de la revista i t'observa amb cara de preguntar-se què hi fas, aquí. És obvi que molestes. Et gires, inquiet, per mirar a través de la porta de vidre; sembla que no t'ha seguit ningú. Corres cap al taulell i, nerviós, ho expliques tot al venedor, sense ometre cap detall, per més estrany que sigui.

—Ara que ja li he explicat tot, puc fer servir el telèfon? Haig de trucar als meus pares.

El venedor et mira amb curiositat.

—Quina imaginació que tens, noi! O potser és que estàs sonat...

És evident que no et creu. Ho hauries d'haver sospitat. Si un nen espantat t'expliqués el mateix, tu tampoc no te'l creuries. El que passa és que ja no ets cap nen petit i no li estàs prenent el pèl.

—D'acord, però... em deixa fer servir el telèfon?

—Tens diners?

—Doncs... no.

—No? Llavors no hi ha telèfon.

Gires cua, decebut. No t'ho pots creure. Quin tros de...!

Aleshores sona el timbre de la porta. Quan alces el cap, veus entrar tres zombis a la botiga. Sota la freda llum dels focus, encara fan més por. El pànic, el cansament després de la correguda que has hagut de fer, la ràbia... Tot plegat fa que et falti l'aire i et costi respirar. No, ara no! Però, sí, estàs patint una crisi d'asma. Busques, nerviós, l'inhalador a la butxaca de la caçadora, però l'has perdut; et deu haver caigut en l'accident, juntament amb el telèfon. T'arrauleixes a terra, protegit per una de les prestatgeries, i proves de tranquil·litzar-te.

Durant aquesta estona, sents com es van acostant els zombis. Uf, sort que no t'han descobert! És un miracle..., o no. La figura de cartó que promociona el darrer *Tomb Raider* impedeix que et vegin. No sempre tens l'oportunitat que la Lara Croft et salvi la pell...

Veus avançar els zombis fins al taulell. El venedor alça el cap amb un esbufec, ja que els pren per clients. Tu li has comentat que els zombis tenen els cabells blancs i els ulls grocs. Seguraments es pensa que són amics teus que han vingut a seguir-te la broma.

Quan s'adona del seu error, però, ja és massa tard. Crida, i els zombis se li tiren al damunt. Contemples l'escena mort de por, incapaç de bellugar-te. Així que acaben de menjar, els tres zombis s'aparten del cadàver del venedor... Aleshores, aquest es posa dempeus, convertit en un d'ells. Es gira cap on ets tu durant uns segons i aspira profundament, com si estigués ensumant. Tu aguantes la respiració. El venedor resta immòbil uns instants, amb el cap lleugerament inclinat, i a continuació segueix els seus companys.

Plorant gairebé tant de dolor com d'alleujament, et dirigeixes, de quatre grapes, al passadís de productes farmacèutics i aconsegueixes obrir l'envàs d'un inhalador. Aspires amb força i proves de tranquil·litzar-te. Per sort, superes la crisi. T'esmunys darrere el taulell per trucar als teus pares, però no contesten. Ho tornes a intentar. Res. Aleshores proves de trucar als cossos de seguretat: bombers, policia, emergències... Tots, però, et responen amb el mateix missatge de veu: «A causa d'un gran nombre de trucades, les nostres línies estan saturades. El temps d'espera és d'uns vint minuts». No pots esperar tant. Què deu passar?

Al carrer, un gran xivarri trenca el silenci. De sobte, comencen a passar camions de bombers amb les sirenes engegades. Són desenes de vehicles que van a tota velocitat, en la mateixa direcció. Si segueixes les sirenes, potser aconseguiràs trobar algun bomber que t'ajudi a tornar a casa i que et doni alguna explicació del que passa. De tota manera, potser val més que te'n vagis directament cap a casa. Els teus pares no t'agafen el telèfon i això no t'agrada gens.

1) Segueixes els camions de bombers.

– Si més no, fins a la pàgina 141.

2) Te'n vas cap a casa.

– Afanya't! Ves cap a la pàgina 135.

ET QUEDES AMB EN NOUR

Abraces amb força en Nour per tranquil·litzar-lo. Aquí esteu segurs; tot anirà bé. Sents un soroll a fora. Un zombi? Un humà? Resteu immòbils. Teniu les catanes i la porta està tancada amb clau.

El pom es belluga lentament. Algú prova d'entrar. Sents una veu mig tallada:

—Socors!

Dubtes. No hi ha cap finestra que doni a l'exterior i ningú no pot saber que sou aquí dins.

De sobte, en Nour corre cap a la porta per obrir-la, però, al mateix temps, una reguera de sang verda s'escola per sota d'aquesta. És un zombi!

—No!

Massa tard. La porta s'ha obert i el zombi us somriu. En un espai tan petit, és impossible escapar-se.

La professora en té la culpa.

Però pots retornar a la pàgina 255
o tornar a començar.

EPÍLEG I

El vent hivernal ha substituït les tempestes de tardor. De mica en mica, Vilamort es va reconstruint. Els veïns s'han mostrat molt solidaris durant la tragèdia. Els més forts han ajudat els dèbils a defensar-se. Finalment, la població ha destruït els zombis més de pressa del que es pensava. Pel que fa a l'alcalde, ha estat destituït i ara el tribunal de justícia serà l'encarregat de decidir la seva sort.

Per sort, la Carla i tu vau trobar les vostres famílies sanes i estàlvies. L'aventura us ha unit i a vegades li truques per demanar-li consells sobre la teva vida quotidiana.

És evident que Vilamort ha patit nombroses pèrdues, però també és cert que la teva crida als ciutadans va salvar molta gent, gairebé tota una ciutat. En realitat, pràcticament tota la població encara era a casa seva quan vas transmetre el missatge, ja que les carreteres estaven tallades i impedien que els veïns fugissin. L'alcalde pretenia limitar la propagació del virus, la qual cosa hauria condemnat els habitants.

T'has convertit en un autèntic heroi local, però això no t'ha pujat al cap. Aquesta aventura t'ha ensenyat que l'única manera de triomfar és unint esforços. Si l'asma t'impedeix ser un gran campió de karate, ajudaràs els altres a aconseguir-ho.

EPÍLEG II

Torna la pau a Vilamort. La darrera batalla ha estat extenuant. Has estat testimoni de coses que hauries preferit no veure mai, però, gràcies a la mobilització dels veïns, heu aconseguit la victòria.

Ha arribat l'hivern i els dies són més curts. A vegades, quan tornes sol a casa a la nit, no pots evitar de mirar enrere, com si esperessis veure sorgir un zombi. Per sort, sembla que heu destruït el virus definitivament.

No saps què se n'ha fet, d'en Frank ni de la seva germana. El teu amic et va enviar una nota uns dies després de la fi de les hostilitats: «Els morts no s'han de relacionar amb els vius».

Tems que hagi decidit desaparèixer per sempre, però t'estimes més pensar que aquesta frase misteriosa significa que, simplement, ha de viure amagat. T'encantaria tornar a veure el teu amic i t'agrada imaginar-te que és en alguna banda vetllant per tu.

Per sort, vas poder trobar la teva família sana i estàlvia, igual que tots els teus amics. Ara et podràs concentrar de nou en la teva vida d'adolescent normal. En aquests moments, ser un campió admirat per tothom no és tan important com la tranquil·litat i la felicitat dels que tens al teu voltant.

EPÍLEG III

La teva vida al bosc és molt solitària. De tant en tant, continues desitjant carn humana, però aleshores segueixes els consells d'en Frank i aconsegueixes controlar-te.

Gràcies al seu entrenament, fins i tot has pogut recuperar sensacions gairebé normals. I tot això fins i tot té una part positiva: sembla que el virus zombi ha eliminat definitivament la teva asma. No et serveix de gaire, amb la vida que tens, però val més això que res.

T'has convertit en un autèntic eremita, que només surt de la cova que li serveix de llar per anar a pescar o a collir fruits. Un home de cromanyó del segle XXI. En Frank et ve a veure sovint. Et porta llibres i t'explica el que passa a la ciutat.

Encara no estàs a punt per relacionar-te amb la gent com ho fa ell. Potser d'aquí a poc temps...

A vegades observes la teva família i els teus amics de lluny —per sort, tots sans i estalvis—, ocult entremig de les ombres o amagat darrere el fullatge. Aleshores t'envaeix la malenconia. Tens tantes ganes de poder estar amb ells una altra vegada... No tens ni la més petita idea del que faran quan et tornin a veure. De moment, tot i que sembla que ningú no sap el que t'ha passat, val més que es pensin que ets mort. Així serà més fàcil.

Malgrat tot, tens molts motius per estar esperançat. La invasió zombi s'ha acabat. Els veïns van eliminar els zombis i en Frank va aconseguir destruir el virus. Efectivament, el problema eren les canonades del cementiri.

No acabes d'entendre com es va contagiar, ja que el teu amic sempre s'ha mostrat molt misteriós respecte a això. El més important, però, és que la ciutat està fora de perill. En Frank també t'ha explicat que un grup de científics està treballant en un remei per si es produeix una nova tragèdia.

I esperes amb paciència el dia que el puguis utilitzar.

EPÍLEG IV

Així que tornes a la ciutat, aconsegueixes avisar les autoritats. En Frank i tu heu impedit que el virus segueixi despertant els morts i ara només cal ocupar-se dels zombis que encara estan en llibertat. Fins i tot teniu l'oportunitat d'advertir-los que en Frank és la prova que no tots són perillosos.

En contra del que es podria esperar, els responsables municipals, com ara la policia, no són partidaris de liquidar els morts vivents, simplement, sinó que posen en marxa una gran operació de quarantena de tots aquells zombis que aconsegueixen tenir sota control sense que els ataquin. Al cap i a la fi, no deixen de ser conciutadans, veïns i fins i tot amics.

Gràcies al testimoni d'en Frank, detenen l'alcalde i s'obre una investigació sobre les manipulacions extraterrestres que us han portat al desastre. Les autoritats també us ajuden a buscar l'origen del virus, que es troba a la depuradora. En Frank tenia raó!

També es constitueix un grup de científics voluntaris per treballar en la fabricació d'un remei per destruir el gen zombi, amb la finalitat de salvar la vida dels morts vivents reclosos. Pel que t'explica la teva amiga Cassandra, el seu pare forma part del grup d'investigació, de manera que t'assabentes que la vacuna va pel bon camí. Enhorabona! L'esforç i la confiança que has dipositat en en Frank han valgut la pena. Entre tots dos heu salvat la ciutat.